한주 이진상과 그의 제자들

저자 이세동__경북대학교 인문대학 중어중문학과 교수

경북대학교 중어중문학과를 졸업하고, 서울대학교 대학원에서 문학박사 학위를 취득하였다. 포항공대 교양학부에서 전임강사로 강의하였으며, 경북대학교로 옮겨 조교수, 부교수를 거쳐 교수로 재직하고 있다. 전공은 중국경학(中國經學)이지만 한국의 경학과 유학 등으로 연구의 지평을 넓혀가고 있다. 유가 경전을 연구하는 경학을 전공으로 선택하여, 유가 경전에는 현대에도 여전히 의미 있는 메시지가 있다고 믿고 있으며 이 메시지들의 현대적 가치와 의의를 추출하는 작업에 관심이 많다. 중국의 경학을 전체적으로 조망한 〈中國經學試論〉 등의 논문과『대학·중용』등의 역서 및『사서삼경 이야기』,『충효당 높은 마루-안동 서애 류성룡 종가』,『독서종자 높은 뜻-성주 응와 이원조 종가』등의 저서가 있다.
leesd@knu.ac.kr

한주 이진상과 그의 제자들

초판 1쇄 인쇄 2016년 8월 20일
초판 1쇄 발행 2016년 8월 30일
저 자 이세동
펴낸이 이대현
편 집 권분옥

펴낸곳 도서출판 역락
주소 서울시 서초구 동광로 46길 6-6 문창빌딩 2층
전화 02-3409-2058, 2060
팩스 02-3409-2059
등록 1999년 4월 19일 제303-2002-000014호
이메일 youkrack@hanmail.net
역락블로그 http://blog.naver.com/youkrack3888

값 18,000원
ISBN 979-11-5686-597-1 93810

한주 이진상과 그의 제자들

이세동 지음

역락

한주영정

한주의 글씨

한주종택의 주리세가 편액

한주의 강학처인 조운헌도재(祖雲憲陶齋) 전경

한개마을 동편 언덕에 있는 한주의 묘소

한주를 향사하는 삼봉서원(三峰書院) 전경

삼봉서원 강당인 심원당

일생 동안 1각(刻)도 쓸데없이 보낸 적이 없었고, 한 마디도 쓸데없는 얘기를
하신 적이 없었다. 아침이 되면 반드시 세수하고 관대(冠帶)를 갖추어 사당을
배알하였으며, 손님을 접대하는 경우가 아니면 잠시 내실(內室)에 들르신 뒤
곧바로 경서를 가르치거나 책을 보거나 글을 쓰는 일로 종일을 보내셨다.
밤이면 눈을 감고 단정히 앉아 있기를 좋아하셨다. 일이 없으면 촛불을 켜지
않았고, 혹 촛불을 켜면 반드시 하는 일이 있으셨다.

— 행록(行錄)에서

머리말

 조선은 유교 국가였다. 유교의 이념으로 나라를 다스리고 온 나라 사람들은 유교적 가치가 최선인 줄 알고 살았다. 그 유교는 공자의 유교가 아니었다. 14세기 이후 동아시아 한자문화권에서 절대적인 영향력을 행사했던 성리학의 집대성자 주자의 유교였다. 공자의 유교는 부모에게 효도하고 임금에게 충성하면 되는 유교였지만, 주자의 유교는 충성하고 효도하는 이치를 알아야 하는 유교였다.

 실천은 필부필부도 할 수 있지만, 이치를 아는 것은 지식인의 일이다. 공자는 실천하는 필부필부를 찬양했지만, 주자는 이치를 아는 지식인이 되기를 권유했다. 조선은 이 주자를 사랑했다. 주자의 본고장인 중국보다 더 철저하게 주자를 신봉한 나라가 조선이었다. 그래서 조선 사람들은 주자의 권유에 따라 이치를 아는 지식인이 되려고 했고 국가는 과거라는 형식을 통해 이런 지식인을 관리로 등용했다.

 이치를 아는 지식인을 조선에서는 선비라고 불렀다. 선비가 관료가 되어 국가를 경영했으니 조선은 선비들이 다스리는 나라였다. 그런데 이치를 아는 선비들이 다스리던 나라 조선이 왜 그토록 많은 내우외환을 겪고 결국은 망해버렸는가?

 이치는 그냥 알아지는 것이 아니다. 배우고[學] 묻고[問] 책을 읽고 사색하며 얻는 것이다. 그래서 선비는 기본적으로 학문하는 사람이며 독서인이다. 그러나 이치를 아는 것만으로 선비가 되는 것은 아니다. 학문하는 사람은 학자일 뿐 선비가 아니다. 선비는 아는 것을 실천해야 한다. 이치만 알고 실천하지 않는 사람은 선비가 아니다. 효도해야 하는 이치는 아는데 효도하지 않는다면 선비가 아닌 것이다. 이제 조선이 망해버린 까닭이 어렴풋이 보인다. 이치를 모르는 사람들이 편법이나 부정한 방법으로 벼슬하기도 하고, 이치를 알더라도 실천하지 않는 사람들이 국가를 경영했기 때문일 것이다. 조선을 선비의 나라라고 하지만 조선을 망하게 한 그들은 우리가 아는 선비들이 아니었던 것이다. 책을 통해 쌓은 깊고 넓은 학식을 소유하고, 그 학식을 바탕으로 올곧은 실천을 하는 사람들이 아니었던 것이다.

조선후기의 과거장에는 늘 부정과 비리가 만연했다. 간혹 올곧은 선비들이 과거에 나아가 급제하는 경우가 있었지만 담합하고 있던 기존의 관료집단으로부터 배척당하기 일쑤였다. 배척당한 인재들은 초야에 묻혔다. 그들을 본 또 다른 인재들은 아예 과거를 보지 않았다. 그래서 조선후기 영남에는 초야에 선비가 많았다. 그 초야의 선비들 가운데 한주(寒洲) 이진상(李震相)은 우뚝했다. 현존하고 있는 135권의 저술은 그가 이치를 알기 위해 얼마나 부지런히 노력했던가를 증명하고 있고, 『행록(行錄)』에 남아 있는 그의 언행들은 그가 얼마나 실천에 독실하였는지를 보여주고 있다. 그가 노력해서 알게 된 그 이치가 심즉리(心卽理)였고, 그의 독실한 실천은 제자들을 불러 모아 한주학파를 이루었다. 조정에 한 번 나가지도 않았지만 국가는 그의 이름을 기억하여 벼슬로 불렀고, 심즉리의 이치를 왜곡하는 화변이 있었지만 제자들의 사모하는 마음들은 사라지지 않았다. 근세 유림의 종장 면우(俛宇) 곽종석(郭鍾錫)이 그의 제자였고, 유학이 나갈 길을 보여준 큰선비 심산(心山) 김창숙(金昌淑)이 그의 재전제자였으니 한주가 깨달은 그 이치는 지금까지 면면하다.

　한주는 성리학자로 알려져 있지만 한주의 학문은 한 분야만 빼어난 것이 아니었다. 그의 학문은 상하좌우로 두루 통하여 막힘이 없었다. 성리학과 예학, 경세학과 역사학이 그의 붓끝에서 아롱졌다. 깨달은 이치는 『이학종요(理學綜要)』에 남았고, 실천의 지침은 『사례집요(四禮輯要)』에 남았다. 세상을 경륜할 큰 뜻은 『묘충록(畝忠錄)』에 담았고, 시대를 바로잡을 대의(大義)는 『춘추집전(春秋集傳)』에 실었다. 시문(詩文)과 의약(醫藥), 성력(星曆)과 산수(算數)는 그에게 나머지 일이었으나 통하지 않음이 없었다.

　이런 한주를 잊지 못하는 마음들이 모여 '한주선생기념사업회'를 발족하고, 그의 유촉지인 삼봉서당을 삼봉서원으로 중창한다고 한다. 중창을 고유하는 날 한주를 소개할 글이 없을 수 없다고 하여 필자에게 책자의 집필을 의뢰하였다. 이에 기존의 글들을 다듬고 새로운 글들을 보충하고 필요한 글들을 번역하여 이 책을 만들었다. 한주의 학문을 깊게 논하는 글이 아니라 한주의 풍모와 성취를 넓게 소개하려고 노력했다. 부록에 실린 『행록』은 한국고전번역원의 이상하 교수가 번역해 둔 것을 실었기에, 이 자리를 빌려 이 교수께 사의를 표한다. 아울러 채근하고 지원해 주신 한주선생기념사업회 이남철 회장님과 어려운 여건에서 출판을 맡아 준 역락출판사의 이대현 사장 및 편집진께 감사드린다.

2016년 중추절 즈음에

이세동

차례

제1장
한주약전

한주(寒洲) 이진상(李震相, 1818~1886)은 조선후기 주리론(主理論)의 정점에
서 있는 성리학자이다. 이항로(李恒老, 1792~1868)·기정진(奇正鎭, 1798~1876)
과 함께 근세유학삼대가(近世儒學三大家)로, 혹은 서경덕(徐敬德, 1489~1546)·
이황(李滉, 1501~1570)·이이(李珥, 1536~1584)·임성주(任聖周, 1711~1788)·기정
진 등과 함께 이학육대가(理學六大家)로 일컬어지는 그는 목판 문집 43권
22책을 포함하여 135권의 방대한 저술을 남긴 학자이다.

한주의 자는 여뢰(汝雷)이고 호는 산교(汕嶠)·동교(東嶠)·정와(定窩) 등을
쓰다가 만년에 한주(寒洲)라고 하였다. 관향은 성산(星山)이며, 학자들은
그를 포상선생(浦上先生), 주상선생(洲上先生)이라고 불렀다. 조선 순조 18년
(1818)에 경북 성주의 대포리(大浦里, 속칭 한개마을)에서 태어났는데, 여러 가
지 이조(異兆)가 있었다고 한다. 예컨대, 그의 어머니 꿈에 노인이 나타
나 신수(神獸)를 기탁하고 붓을 준다든가, 산명(算命)에 밝은 자가 벼슬보
다는 학문으로 저명해질 것을 예언하는 등의 일이 있었다는 기록이 전
하고 있다.

그의 8대조 월봉(月峯) 이정현(李廷賢, 1587~1612)은 한강(寒岡) 정구(鄭逑, 15 43~1620)의 촉망받던 문인으로, 문과에 급제하여 장래가 기대되는 인물이었으나 26세로 요절했다. 한주의 조부 형제와 숙부는 입재(立齋) 정종로(鄭宗魯, 1738~1816)에게 배운다. 입재는 소퇴계(小退溪)로 불리던 대산(大山) 이상정(李象靖, 1711~1781)의 고제인 바, 한주의 집안에는 퇴계로부터 비롯한 영남 유학의 전통이 면면히 흐르고 있었던 것이다. 한주는 7세에 『사략(史略)』을 읽는 것으로 학업을 시작하여, 13세에 이미 여러 경전에 통하였고, 다시 제자백가의 책을 두루 읽어 학자로서의 소양을 고루 갖추었다.

17세 때, 숙부 응와(凝窩) 이원조(李源祚, 1792~1871)는 그에게 성리(性理)의 학문에 종사하라는 지침을 주었다. 이 일은 한주가 성리학자로서의 길을 가게 되는 계기가 되어, 이때부터 한주는 발분하여 『성리대전(性理大全)』에 몰두하였다. 이듬해 18세에 이미 <성명도설(性命圖說)>을 지어 주리(主理)의 입장을 확고히 하였고, 20세에는 도산서원을 알묘하여 사숙(私淑)의 뜻을 품었다.

22세에는 <성학도설(性學圖說)>과 <인도설(仁圖說)>을 지어 학문의 기반을 다졌으며, 23세에는 다시 <야기잠(夜氣箴)>과 <명성잠(明誠箴)>을 지어 자신을 가다듬었다. 이 해에 또 <이단설(異端說)>을 지었는데, 주기론자(主氣論者)들이 기(氣)의 활동유전(活動流轉)하는 모습만 보고 리(理)의 근저추뉴(根柢樞紐)됨을 이해하지 못하는 오류를 통렬히 비판하여 주기론이 이단임을 명백히 하였다.

27세부터 33세까지 7년 동안 한주는 몇 차례 과거에 응시했다. 그동안의 수기(修己)를 치인(治人)으로 펼치고 싶었던 것이다. 학문을 쌓고 능력을 기르며 인격을 도야하는 것이 수기라면, 수기를 통해 축적한 소양을 바탕으로 벼슬에 나아가 경륜을 펼치는 것이 치인이다. 그러므로 수기와 치인이 별개의 과정은 아니지만, 치인이 선비의 책무임은 분명하다. 그러나 정자(程子)와 주자(朱子) 이래 수많은 도학자들이 과거 공부가 수기에 해가 됨을 논한 뒤로, 과거에 응시하는 것을 혐오하는 견해들이 있어 왔다. 이러한 견해는 고고한 처사적 삶을 지향하는 지침이 되기도 하였으나, 때로는 자신의 무능을 감추는 논리가 되기도 하였다. 한주는 경륜에 대한 의지가 강한 인물이었다. 『묘충록(畝忠錄)』을 비롯해 여러 글들에 보이는 국가와 민생에 대한 관심은 자연히 그를 과거로 이끌었을 것이다. 아마 소년등과하여 입신한 숙부 응와(凝窩)가 귀감이기도 하였을 것이다.

27세에 한주는 안의(安義)에서 치른 증광문과 초시에 장원하였고, 31세에는 경상감영에서 거행한 공도회(公都會) 복시(覆試)에서 1등으로 입격했다. 32세에는 증광생원시에 급제하였다. 33세에 한주는 예조에서 거행하는 증광문과 복시에 응시하고자 상경했다. 그때 마침 경주부윤(慶州府尹)으로 재직 중이던 숙부 응와가 암행어사의 탄핵으로 이조의 소환을 받는 사건이 일어났다. 한주는 즉시 응시를 포기하고 귀향했다. 당시 주고관(主考官)이던 조두순(趙斗淳)은 일찍부터 한주의 명성을 듣고 있었다. 사람을 보내 조정에 인재가 필요하니 시권(試券)만 제출하고 가기를 권유했으나 결연히 돌아온 것이다. 부형이 죄명에 연루되었는데 자질(子姪)된 자가 영예를 구하고 있을 수는 없다는 이유였다. 응와의 일은 무고로 밝혀졌지만 한주의 벼슬길은 여기서 막혔다. 그 동안에도 한주는 27세에 <일원만수도(一原萬殊圖)>, 28세에 <성정심설(性情心說)>, 32세에 <용구도(用九圖)> 등을 지어 학문을 축적하고 있었다.

이후 연보를 통해 확인할 수 있는 그의 일생은 저술과 강학, 산수유람으로 요약된다. 특히 저술은 그의 일상이었다. 평범한 시문(詩文)은 제외하고 학술적인 저술과 의론문(議論文)만 가지고 이야기하더라도 34세의 <직자심결(直字心訣)>부터 67세의 <의제론(衣制論)>까지 거의 해마다 저술이 없는 해가 없을 정도로 부지런한 한주였다. 그의 아들 이승희(李承熙, 1847~1916)가 정리한『행록(行錄)』의 다음과 같은 기록은 그의 이러한 학자적 삶을 그린 듯이 묘사하고 있다.

> 일생 동안 1각(刻)도 쓸데없이 보낸 적이 없었고 한 마디도 쓸데없는 얘기를 하신 적이 없었다. 아침이 되면 반드시 세수하고 관대(冠帶)를 갖추어 사당을 배알하였으며, 손님을 접대하는 경우가 아니면 반드시 잠시 선비(先妣 : 이승희의 어머니이니 한주의 부인이다)의 거실에 들르신 뒤 곧바로 경서를 가르치거나 책을 보거나 글을 쓰는 일로 종일을 보내셨다. 밤이면 눈을 감고 단정히 앉아 있기를 좋아하셨다. 일이 없으면 촛불을 켜지 않았고, 혹 촛불을 켜면 반드시 하는 일이 있으셨다.

한주는 44세(1861)에 <심즉리설(心卽理說)>을 지었다. 이 글은 후일 유림의 논쟁을 야기하며 조선유학사에 한 획을 그었다. 우선 한주의 이야기를 직접 들어보자.

> 옛사람이 마음에 대해 한 말 가운데 '마음이 곧 리[心卽理]'라는 말보다 더 좋은 것이 없고, '마음이 곧 기[心卽氣]'라는 말보다 나쁜 것이 없다. '마음이 곧 기'라는 학설은 근세의 유현[율곡(栗谷)]에게서 나왔는데 유학에 종사하는 자들이 많이 따르고 있다. '마음이 곧 리'라는 것은 왕양명(王陽明)의 무리들이 미친 듯이 방자하게 떠든 학설이니 우리 유림이 배척하지 않음이 없다. 그런데 이제 이 모든 학설과 상반된 말을

하는 것은 무슨 까닭인가?

형산(荊山)의 옥이 돌 가운데 감추어져 있었는데 변화(卞和)가 품고 가서 왕에게 바쳤다. 왕이 옥공을 불러 보였더니 돌이라고 하였다. 조정에 있던 사람들도 모두 돌이라고 여겼고, 어떤 사람은 돌을 옥이라고 생각하여 옥이라고 하였다. 이 일로 말미암아 보자면, 유현이 마음을 기라고 생각한 것은 옥공이 돌이라고 한 것과 같고, 세상의 학자들이 이 설을 따르는 것은 조정에 있던 사람들이 모두 돌이라고 여긴 것과 같다. 불교에서 마음을 리라고 여기는 것은 돌을 옥이라고 생각한 사람과 같으니, 마음을 기라고 생각한 것이나 마음을 리라고 생각한 것이나 모두 기만 보고 리를 보지 못한 것은 마찬가지다.

대체로 올바른 본심은 리에 있는 것이지 기에 있는 것이 아니다. 공자의 "마음이 하고자 하는 바를 따르더라도 법도에 어긋나지 않는다."는 말씀이 바로 마음은 리라는 것이니, 기를 따른다면 어찌 법도에 어긋나지 않을 수가 있겠는가! 『맹자』 7편의 많은 '심(心)'자 가운데도 기를 지칭하여 말한 것이 없으니, 그러므로 기가 마음을 보존하지 못하도록 하는 것을 걱정하고 기가 마음을 흔드는 것을 근심하였던 것이다. 정이천(程伊川)은 마음과 성(性)을 모두 리라고 해석하여 "마음이 곧 성이고, 성은 곧 리다." 하였고, 주자는 '마음이 태극'이라는 말씀을 『역학계몽(易學啓蒙)』의 첫 머리에 드러내고, 한 번 움직이고 한 번 고요하게 하는 리와 미발(未發)과 이발(已發)의 리로써 이에 해당시켰다. 또 '마음이 주재(主宰)'라고 하였으니 주재라는 것이 바로 이 리이다. '심즉리(心卽理)' 이 세 글자는 실로 성현들이 서로 전하신 요결인 것이다.

다만 변화(卞和)는 옥이 돌 속에 있는 것을 단지 옥이라고만 하여 초나라에서 발꿈치가 잘리는 형벌[刖刑]을 받았는데, 그때 만약 "이것은 옥과 돌입니다." 하고 돌을 깨트려 진짜 옥을 꺼내어 바쳤더라면 어찌 형벌을 받았겠는가! …… 마음을 이야기하자면 리를 위주로 하고 기를 위주로 하지 않아야 하니, 내가 "마음이 곧 리[心卽理]"라는 말보다 더 좋은 것이 없다."고 한 것이 바로 이 때문이다.

성리학이라는 용어가 '성즉리(性卽理)'에서 유래하였듯이, 성이 곧 리
라는 것은 정자·주자로부터 퇴계·율곡에 이르기까지 불변의 명제였
다. 마음은 성(性)과 정(情)을 통섭하는데 정은 선악의 가능성을 함께 가
지고 있으므로 순수한 성만 리라는 것이다. 이로 인해 마음을 리기와
관계지우는 이론에 차이가 있게 되어, 퇴계는 '마음은 리와 기의 합체
[心合理氣]'라고 하였고, 율곡학파에서는 '마음은 기[心卽氣]'라고 했다. 다
시 명나라의 왕양명(王陽明)은 심(心)과 성(性)을 구분하지 않고 심 그 자체
가 리에 합치된다고 하여 '심즉리(心卽理)'라는 명제를 내걸었다. 그는 인
간행위의 모든 표준은 마음에 구비되어 있으므로 오직 마음만을 밝히
고 여기에서 법칙을 구해야 한다고 주장했다. 이것이 불교의 주장과
비슷하여 퇴계의 혹독한 비판을 받았다.

이러한 상황에서 한주가 왕양명의 '심즉리'로 기호학파의 '심즉기'를
비판하여 논란의 여지가 있게 된 것이다. 그러나 한주의 심즉리와 양
명의 심즉리는 내용이 전혀 다른 것이었다. 양명의 주장은 '심'에 초점
을 맞춘 이론이고, 한주의 주장은 '리'에 초점을 맞춘 이론이다. 양명
은 마음을 떠나서는 사물의 이치도 없고 만물도 있을 수 없다고 하여
'심의 절대성'을 주장했으나, 한주는 마음에는 리와 기가 함께 있지만
주재하는 것은 리라고 하여 '리의 절대성'을 주장한 것이다. 그러므로
한주의 심즉리는 퇴계의 '심합리기'를 주리적 측면에서 더욱 강화한
학설이다. 한주의 비유처럼 형산의 박옥을 빌려 말하자면 '심즉기'는
겉의 돌만 보고 안의 옥을 보지 못한 이론이고, '심합리기'는 돌과 옥
이 함께 있는 존재의 현상을 직시한 것이며, '심즉리'는 옥이 박옥의

본래 면목임을 밝힌 것이다.

한주는 이 이론 때문에 살아서도 핍박을 받았고, 죽어서도 치욕을 겪었다. 살아서의 핍박은 새로운 이론을 내세워 명예를 구한다는 비난에 불과하였으나, 죽어서의 치욕은 도산서원으로부터 파문을 당하고 상주향교(鄕校)에서 문집이 불타는 처참한 것이었다. 1897년에 막 간행한『한주집』25책을 도산서원에 보냈는데, 도산서원은 접수를 거부하고 돌려보냈다. 주자와 퇴계의 학설과 어긋난다는 이유였다. 1902년 5월에는 한주의 학설을 이단으로 규정한 통문이 성균관과 전국 유림에게 발송되었으며, 11월에는 도산서원이 통문을 내어 상주향교에서 유림 도회(道會)를 개최하고『한주집』한 질을 불태웠다.

이 일을 주동한 사람은 박해령(朴海齡)이고 적극 동참한 사람은 이중화(李中華), 류만식(柳萬植)이다. 박해령은 한주의 문인으로 한주가 작고했을 때, 한주가 주자와 퇴계의 학문을 계승하고 발휘했음을 찬양하는 만사를 바쳤으나, 이때 이 일을 주동했다. 한주의 아들인 이승희는 <선록조변(宣錄條辨)>과 <도산통문조변(陶山通文條辨)>, <도남통문조변(道南通文條辨)>을 지어 한주에 대한 비판을 조목조목 반박했으나, 유림의 시비는 갈등으로 남았다.

도산서원은 퇴계의 우뚝한 두 제자인 학봉 김성일과 서애 류성룡을 각각 지지하는 호파(虎派)와 병파(屛派)로 세력이 나뉘어 있었고, 이때 이 일을 추진한 인사들은 모두 병파측 인사들이었다. 박해령과 이중화는 당시 서애의 서원인 병산서원의 소임을 맡고 있었고, 류만식은 서애의 후손이다. 이에 앞서 도산의 병파측 인사가 한주에게 도산서원에서 강(講)을 해주기를 요청하면서 병파를 지지하는 언급을 부탁한 일이 있었다. 유림의 시비를 부정적으로 보고 있던 한주가 이를 거절하였는데,

한주의 후손들은 이 일로 인해 참화가 일어난 것으로 추측하고 있다. 한주의 치욕은 학봉과 서애의 위차(位次)문제로 발생한 병호시비(屛虎是非)의 여파였던 것이다.

도산서원은 세월이 한참 지난 1916년에, "이 일이 도산서원의 공의(公議)가 아니라 한두 사람의 손에서 나온 것이기에 그때의 기록들을 모두 회수해 없앴다."는 글을 보내왔다. 한주종택 사랑채의 '주리세가(主理世家)' 편액은 심즉리설이 퇴계의 주리론을 극도로 발전시킨 것임을 지금도 묵묵히 웅변하고 있다.

한주가 살았던 19세기는 영조와 정조의 치세를 뒤로 하고, 내우와 외환을 겪고 있던 시기였다. 노론의 세도정치로 인한 민생의 피폐와 서구 열강들의 동방 진출에 따른 양요(洋擾)에 시달리고 있었다. 도처에서 민란이 일어났고, 서양의 문명과 사상이 조선 사회의 지배이념이던 유교적 가치관을 동요시키고 있었다. 한주가 45세이던 1862년에 삼남의 여러 고을에서 백성들의 소요가 있었다. 조정에서 삼정이정청(三政釐整廳)을 설치하고 삼정(三政)의 문란을 바로잡을 방도를 조야에 물었다. 피폐한 민생을 목도한 한주는 이에 응하여 대책문(對策文)을 올렸다. 국가에 삼정 이외에 세 가지 더 큰 폐단이 있어 이를 없애지 않으면 삼정이 제대로 될 수 없다는 내용이었다. 당장의 편리함만 추구하고, 공연히 법조문이 까다로우며, 정책의 시행이 공정하지 못한 세 가지 폐단을 지적하였다. 모두 수천 마디의 말이었으나 조정의 회답이 없었다. 한주는 49세에 다시 『묘충록(畝忠錄)』을 저술하여 구세(救世)의 뜻을 밝혔다. 옛 제도를 가감하여 당시의 폐단을 극복할 방안을 상소문과 함께 저술했다.

1871년에 나라 안의 사묘(祠廟)와 서원을 철폐하라는 명이 내리자 영남의 유생들이 명의 철회를 청하는 상소를 올리고자 했다. 54세의 한주는 장의(掌議)로 추대되어 상소문을 지었다. 유학을 숭상하고 도를 중히 여기는 것이 다스림의 핵심이고 현자를 높이고 학문을 일으키는 것이 정치의 근본임을 강조했다.

한주는 58세에 『춘추집전(春秋集傳)』을, 2년 뒤인 60세에 『춘추익전(春秋翼傳)』을 각각 저술하였다. 『춘추집전』은 송대 이후 유학자들이 주로 보던 호안국(胡安國)의 『춘추전(春秋傳)』을 근간으로 주자(朱子)의 견해 및 다량의 사서(史書)와 송대의 『춘추』 논설들을 참고하여 저술한 책이며, 『춘추익전(春秋翼傳)』은 공자의 『춘추』에 빠져있는 노(魯)나라의 역사를 여러 사서들을 참고하여 정리한 것이다. 다양한 자료를 치밀하고 조리 있게 정리한, 한주의 역사가적 안목을 살필 수 있는 책들이다.

61세에는 『이학종요(理學綜要)』를 저술했다. 여러 경전(經傳)의 관련 내용을 모으고 분류하여 천도(天道)와 성(性), 심(心)과 정(情), 학문과 윤리, 실천과 사업 등의 요점과 조리를 밝혔다. 결론인 「통론(通論)」에서 이단이 기(氣)를 위주로 하는 오류와 성현이 리(理)를 위주로 한 취지를 변석했다. 『이학종요』는 기학(氣學)과 양학(洋學)이 만연한 시대에, 절대가치인 리(理)를 확립하여 유가이념의 동요를 막고자 한 한주의 대표적 저술이다.

고종 21년(1884)에 조정은 67세의 한주를 의금부도사(義禁府都事)에 임명했다. 수구파의 거두였던 민태호(閔台鎬, 1834~1884)가 특천한 결과였다. 임명장이 도착한 날 한주는 출타 중이었는데 아들 승희가 급히 사람을 보내어 기별하였다. 한주는, "강가에서 친구들과 약속이 있다." 하고는 처음이자 마지막인 벼슬을 물리쳤다. 명예에 초연했던 한주의 만년 풍모다.

고종 23년(1886) 10월 10일에 한주는 갑자기 병을 얻었다. 12일에 병세가 다소 호전되자 아들 승희를 불러, "동래(東萊) 바다에 전선(電線)이 놓였다는 이야기를 들었다. 이로부터 이류(異類)들이 설치고 사악한 기운이 날로 치열해 질 것이니 내가 살더라도 무엇이 즐거우랴! 이제 땅속에 묻히는 것이 마땅하다." 하고 또 두 살이 된 손자를 불러 쓰다듬으며 오륜(五倫)과 사덕(四德)을 들려주었다. 15일에 병세가 악화되자 자리를 정돈하고 심의(深衣)를 갖추어 입은 뒤 영면하니 향년 69세였다. 이듬해 2월에 사림(士林)이 주관하여 장례를 거행하였는데 모인 자가 2000여 인이었다. 문인 곽종석이 행장을 짓고, 장석영이 묘지명을 지었다. 아들 이승희는 행록과 묘표를 지었다.

한주가 작고하고 11년 뒤인 1897년에 선비들이 한개마을 서쪽에 삼봉서당(三峯書堂)을 세웠고, 1910년에는 문인들이 한주가 강학하던 곳을 기리고자 생가 옆에 조운헌도재(祖雲憲陶齋)를 세웠다. 2016년에는 한주를 경모(景慕)하는 유림들이 삼봉서당에 사우(祠宇)인 현도사(見道祠)를 세우고 서당을 서원으로 중창하였다.

제2장
저술개요

저술개요

　현존하는 한주의 저술은 모두 135권이다. 그 가운데 이미 간행된 것이 100권인데, 1895년 12월에 거창의 원천정(原泉亭)에서 『한주선생문집(寒洲先生文集)』 49권 25책이 목활자로 처음 간행되었다. 갑오농민봉기로 인해 거창으로 피신해 있던 이승희(李承熙)와 곽종석(郭鍾錫) 등의 문인들이 주관하여 간행한 초간본이다.

　1897년에는 고령의 회보계(會輔契)에서 『이학종요(理學綜要)』 22권 10책을 발간하였고, 1906년에 문인들이 주관하여 『사례집요(四禮輯要)』 16권 9책을 삼봉서당에서 발간하였으며, 1913년에는 운도재(雲陶齋, 조운헌도재)에서 『춘추집전(春秋集傳)』 20권 10책을 간행했다.

　1927년에 『한주선생문집(寒洲先生文集)』 중간본이 목판으로 간행되었다. 한주의 장손 이기원(李基元)과 곽종석의 문인인 김황(金榥) 등의 주관으로 『묘충록(畝忠錄)』 등 초간본의 일부를 산삭하여 성주의 삼봉서당(三峯書堂)에서 간행했다. 목록 1책, 본집 38권 19책, 부록 5권 2책 등 도합 43권 22책이다.

　이상 문집 중간본을 기준으로 기간행된 한주의 저술은 모두 100권

50책이며 그 서목은 다음과 같다. 단, 초간본에 실렸으나 중간본에서 빠진 『묘충록』은 기간행 서목에 포함시켰다.

> 『문집』 38권 19책(목록 1책과 부록 5권 2책 제외)
> 『묘충록』 4권 2책
> 『이학종요』 22권 10책
> 『사례집요』 16권 9책
> 『춘추집전』 20권 10책

이밖에 미간행의 저술로는 『춘추익전(春秋翼傳)』 4권, 『천고심형(千古心衡)』 2권, 『직자심결(直字心訣)』 2권, 『구지록(求志錄)』 23권(제21권 缺), 『변지록(辨志錄)』 4권 등 모두 35권이 필사본으로 종가에 보관되어 있으며, 이들 기간과 미간의 저술 135권을 1980년에 아세아문화사에서 『한주전서(寒洲全書)』 5책으로 영인, 간행했다. 원본 4면을 1면으로 영인하여 모두 3,400여 페이지이고, 원본의 면수로는 대략 13,700여 면에 달한다.

한주의 저술들은 일관된 의미를 지니고 있다. 퇴계의 주리론이 도덕적 이상사회를 지향하는 이론이라면, 율곡의 주기론은 현실에 착안하여 경세치용(經世致用)을 지향하는 경향이 있다. '심즉리'와 『이학종요』로 대표되는 한주의 성리학은 퇴계 이래의 주리학을 계승하여 리(理)의 절대성을 극대화함으로써 구한말의 혼란기를 이념적으로 안정시키고자 한 한주의 의지표명이다.

『춘추집전』과 『춘추익전』 역시 이러한 지향과 무관하지 않다. 북방의 이민족과 대치상황에 있었던 송대(宋代)에도 『춘추』 연구를 비롯한 역사학이 발전했다. 존왕양이(尊王攘夷)의 『춘추』 의리(義理)에 근거하여 외적을 몰아내고 국난을 극복하고자 한 것이다. 한주 역시 서세동점(西勢東漸)의 시기에 유가이념에 입각한 민족자존을 『춘추』를 통해 확인하고 싶었다. 그에게 서양과 서양에 기반한 일본은 극복해야 할 오랑캐였던 것이다.

이상주의는 현실과 괴리될 위험이 있다. 퇴계학파의 주리론은 늘 지나친 이상주의로 비판받는다. 그러나 한주의 주리학은 경세치용에 주목한다. 『묘충록(畝忠錄)』의 시무론(時務論)은 한주의 비상한 현실감각을 잘 보여주고 있다. 한주의 저술은 이상과 현실을 아우르고 있는 것이다. 이제 한주의 저술들을 간략하게 소개한다.

1. 『한주선생문집(寒洲先生文集)』

1927년의 중간본을 기준으로, 목록 1책 본집(本集) 38권 19책, 부록 5권 2책으로 모두 43권 22책이다. 권1~3에는 시 345제(題)와 애사(哀辭) 2편이 실려 있는데, 시는 연대순으로 편차되어 있고 만시(輓詩)가 포함되어 있다. 한거(閑居)와 유람의 풍광을 읊은 연작시가 많으며 감회를 읊은 시, 벗들을 추억하는 시, 차운시 등이 고루 섞여 있고 스스로를 경계하는 시들도 더러 보인다.

권4는 상소문[疏] 4편과 책문[策] 1편인데 당시의 정사와 시폐(時弊)를 논한 것이 많아 경세가로서의 한주를 살펴볼 수 있다.

권5~28은 서간문[書] 339편으로 문집에서 가장 많은 분량을 차지하고 있다. 문집의 일반적인 체제와 마찬가지로 인물별로 모아 연대순으로 수록하였으며 내용은 성리학 이론과 경전에 대한 것이 대부분이다. 당대 영남의 대표적 학자들 및 제자들과 문답한 내용이 많고 자신의 학설인 심즉리설(心卽理說)을 천명한 내용도 더러 보인다.

권29는 서문[序]과 기문[記]이다. 서문은 자신의 저술들에 대한 서문을 비롯하여 인물을 전송하며 지은 송서(送序), 타인 문집의 서문 등인데, 특히 계안(契案)이나 계첩(契帖)의 서문이 많은 점이 두드러진다. 이는 향촌사회에서 한주의 구심점적인 역할과 위상을 짐작할 수 있는 대목이기도 한다. 기문은 여러 재사나 정사(精舍) 등의 건물에 대한 해설문들이다.

권30은 발문[跋]이다. 문집을 비롯한 글 모음집의 발문들은 일반적인 체례를 따른 것이지만, 『한주집』에는 <서서애류선생주재설후(書西厓柳先生主宰說後)> 등 유독 선유들의 학설에 대한 후서(後書) 형식의 발문들이 많아 한주의 학설을 이해하는데 도움을 주고 있다.

권31~34는 잡저(雜著)인데, 다른 문집들에 비해 분량이 많다. <심즉리설(心卽理說)>을 비롯한 자신의 학설과 <인물성동이설(人物性同異說)>, <독김농암사단칠정설(讀金農巖四端七情說)> 등의 기호학파에 대한 비판 및 <명덕설(明德說)>, <달도설(達道說)> 등 경전의 개념에 대한 성리학적 분석 등 다양한 내용이 수록되어 있어 한주의 학설을 이해하기 위한 주요자료들이라고 할 수 있다.

권35는 명(銘), 잠(箴), 찬(贊), 상량문(上樑文), 제문(祭文)이고, 권36은 비명(碑銘), 묘갈명(墓碣銘), 묘지(墓誌)이며, 권37~38은 행장(行狀)과 전(傳)으로 문집의 일반적인 체례를 따르고 있다.

부록은 권두에 <세계도(世系圖)>가 실려 있고, 권1에 연보(年譜), 권2에 행록(行錄), 권3에 행장과 묘지명, 묘표(墓表), 고유문(告由文), 권4에 만사

119편, 권5에 제문 35편 등 추모문자들이 실려 있다. 특히 문인 곽종석(郭鍾錫)이 지은 행장은 방대한 분량과 치밀한 내용이 돋보이는데, 이승희가 지은 행록과 함께 스승의 세세한 일상조차 놓치지 않고 후세에 전하려 한 마음들이 읽힌다.

2. 『이학종요(理學綜要)』

『이학종요(理學綜要)』는 61세에 1차 탈고하고 작고하기 2년 전인 67세에 전체를 다시 교감한 뒤에도 스스로 만족하지 못한 한주의 절필(絶筆)이다. 한주의 작고 뒤 문인들이 3차에 걸쳐 교감정리하여 1897년에 고령의 회보계(會輔契)에서 22권 10책의 목판본으로 출간하였다.

『이학종요』는 한주의 주리론(主理論)이 압축된 한주학술의 결정판이다. 전체의 내용을 요약하면, 사람이 리(理)를 품부 받아 사람이 되는 소이연(所以然)과 순리(循理)와 합리(合理)로 살아가야 하는 소당연(所當然)을 정연한 조리로 서술하여 성리학적 인간관의 체계를 밝혔다. 구체적으로는, '리'가 천도(天道)에 근원함을 먼저 밝힌 뒤 그 하늘이 '명(命)'함으로써 '리'가 인간에게 부여되어 '성(性)'이 되어 마음을 주재하고, '리'가 발현되어 '정(情)'이 됨을 밝혔다. 그러므로 이 '리'를 함양하고 궁구하고 성찰하고 확충하는 것이 '학(學)'이며 이 '배움[學]'을 실천으로 드러내어 '리를 따르는 것[循理]'이 '행(行)'임을 밝혔다. 이 '행'의 구체적인 세목이 오륜(五倫)이며 이것이 확장되어 범사(凡事)가 '리에 맞아야 함[合理]'을 사항별로 설파하고, 마지막으로 「통론(通論)」에서 리의 종지(宗旨)를 드러내고 이단(異端)이 기를 주로 하는 오류와 성현이 리를 주로 하는 연원을 밝혔다.

구성은 권1~2는 천도(天道), 권3은 명(命), 권4~5는 성(性), 권6~8은 심(心), 권9~10은 정(情), 권11은 총요(總要), 권12~15는 학(學), 권16은 행(行), 권17~19는 사(事), 권20~22는 통론으로 되어 있으며, 논리전개는 경전과 선유들의 설을 인용하여 설명한 뒤 '안(按)'으로 자신의 견해를 밝히고 있다. 한주의 아들 이승희는 1914년에 이 책과 『사례집요』, 『춘추집전』을 직접 중국으로 가져가 곡부(曲阜)에 있는 공자의 사당에 봉증하였다.

3. 『사례집요(四禮輯要)』

『사례집요(四禮輯要)』는 목록 1책을 포함하여 16권 9책으로 이루어진 목활자본의 전문적인 예설서(禮說書)이다. 한주가 48세 되던 1865년에 탈고하고, 작고하기 1년 전인 1885년에 다시 교감했다. 1906년에 아들 이승희와 곽종석 등의 문인들이 삼봉서당에서 간행했다.

조선후기의 선비들은 이학(理學), 예학(禮學), 보학(譜學)을 삼학(三學)이라고 하여 학자나 선비가 반드시 갖추어야 할 기본적인 소양으로 간주했다. 이 가운데 보학은 신분제 사회에서 신분과 관계를 파악하기 위한 교양 정도로 간주할 수 있지만, 이학과 예학은 전문성과 깊이가 요구되는 분야이다. 한주는 이들 분야의 전문서인 『이학종요』와 『사례집요』를 저술함으로써 주선후기 학술사에 일정한 자리매김을 할 수 있었다.

『사례집요』는 분량이 방대하고 자세하다. 16권으로 이루어진 전체

분량 가운데, 권1~2는 통례(通禮)인데 묘제(廟制)와 종법(宗法)을 서술하였고, 권3에서는 관례, 권4에서는 혼례, 권5~14에서는 상례, 권15~16에서는 제례를 각각 서술하였으며, 권두에 각종 도식(圖式)과 170여 종의 인용서목을 나열하였다. 대략 『의례(儀禮)』와 주자의 『가례(家禮)』를 기준으로 선유들의 견해를 참고하여 관혼상제의 사례(四禮)를 정리했다. 항목마다 전거(典據)를 밝혀 의절(儀節)의 유래가 명료하고, 절차의 기록이 상세하여 실제의 적용에 의혹이 없도록 했다. 세상이 한주를 성리학자로만 간주하는 경향이 있지만, 이 책은 예학자 한주의 면모를 가감 없이 드러내고 있다.

4. 『묘충록(畝忠錄)』

『묘충록(畝忠錄)』은 4권 2책으로 한주가 49세이던 1866에 집필한 경세서(經世書)이다. 필사본과 판본이 있는데, 판본은 1895년의 문집 초간본에 수록되어 간행된 것으로, 1927년의 문집 중간본에는 체제상의 문제로 싣지 않았다. 1980년에 간행한 『한주전서(寒洲全書)』에는 가장(家藏)의 필사본이 영인 수록되어 있다.

영인본의 권두에는 이건창(李建昌, 1852~1898)의 서문과 책을 찬진(撰進)할 때 올리고자한 상소문인 <의진시폐잉진묘충록소(擬陳時弊仍進畝忠錄疏)>가 실려 있다. 당대의 명사 이건창은 서문에서 『묘충록』을 다음과 같이 설명하고 있다.

공은 군자이면서 선비[儒者]이다. 선비에게 소중한 것은 근본[體]에 밝으면서도 실용[用]을 구비하여 천하국가에 베풀어 백성들이 그 혜택을 입도록 하는 것이다. 비록 곤궁하고 현달하는 것이 하늘에 달려 있고 등용되고 버려지는 것은 사람에게 달려 있으나, 도를 행하고 글을 짓지 않을 수 없다. 혹 당대에 시행되거나 혹 후세를 기다려야 하는 차이가 있더라도 갖춤이 되는 것은 마찬가지인 것이다. 그러므로 '유(儒)'라는 것은 '쓰임[需]'이니 선비이면서 쓰이는 바가 없다면 도가 무용한 것이 될 것이다. 이것이 또한 공이 저술한 뜻일 것이다!

이 책은 규모가 크고 조목이 번다하여 혼매한 내가 감히 함부로 말할 수 없지만, 대략 나라의 세금을 고르게 하고 나라의 쓰임을 통제하고자 한 것이나. 위로는 관부의 비용을 설약하고 아래로는 권세가의 토지 겸병을 억누르며, 거두는 것이 요령이 있으면 쌓이는 것이 항상 넉넉할 것이며, 녹봉을 늘려 인재를 대우하고 군비를 넉넉하게 하여 무력을 기르며, 사사로운 이익을 추구하고 눈앞의 편안함만 탐내는 습속을 외적을 막고 국가를 부강하게 하는 바탕으로 바꾸어 지극한 다스림에 이르기를 기약하였다. 그 밖의 경영과 계획들은 대략 반계(磻溪) 유형원(柳馨遠)의 글을 기본으로 하였지만 반계는 한결같이 옛날로 돌아가고자 하여 그 말이 오활하지만 공은 시대의 형편을 참작하여 방법이 시행하기 쉽고 빠른 효과를 거둘 수 있도록 하였으니 예컨대 전제에서 한전법(限田法)을 쓰지 않은 경우가 이러하다. 공허한 글을 저술하기 보다는 실천이 중요하지만 공은 대개 저술로써 실천의 시작을 삼았으니 공허한 말이 아니라 뒷날을 기다린 것일 따름이다.

한주가 유자의 본분에 입각하여 경륜의 의지를 드러낸 것으로 평가한 서문이다. 특히 전반적인 내용을 개괄한 뒤, 유형원의 개혁론이 복고적인데 비하여 한주의 개혁론은 시의성(時宜性)과 편리성이 돋보인다고 지적한 대목은 주목할 만하다. 상소문에서는 국정의 여러 가지 폐단을 구체적으로 적시하고 개선책을 제시하였으나, 『묘충록』은 물론 상소문도 조정에 올리지 못했다.

4권으로 이루어진 본문은 각 권마다 하나의 주제를 다루고 있다. 권1의 강리원(疆理原)에서는 도량형을 비롯한 행정구역, 납세의 기준 등 국가 경영의 여러 기준들을 다루었으며, 권2의 교선원(敎選原)에서는 교육과 인재선발의 개혁안을 제시하였다. 권3의 분직원(分職原)에서는 관직제도의 개혁안을 다루었고, 권4의 제록원(制祿原)에서는 왕실과 관청의 경비 및 관리의 녹봉 등에 대한 개혁안을 제시하였다.

5. 『춘추집전(春秋集傳)』

『춘추집전(春秋集傳)』은 한주가 58세(1875)에 탈고한 『춘추』 해설서이다. 1913년에 아들 이승희와 문인들이 한주의 본댁 옆에 있는 강학지소인 운도재(雲陶齋)에서 20권 10책의 활판본으로 간행했다. 권두에 저자의 서문과 범례, 95명의 인용선유(引用先儒) 성씨 및 춘추강령, 춘추독법, 정자춘추전서(程子春秋傳序), 호씨춘추전서략(胡氏春秋傳序略)이 실려 있고, 권말에 춘추단론(春秋斷論)과 곽종석의 발문 및 고오(考誤)가 수록되어 있다. 본문은 『춘추』의 체례에 따라 권1의 노은공(魯隱公)부터 권20의 애공(哀公)까지 원문을 기재한 뒤, 각 조문마다 한 자 낮추어 주석을 달았다.

『춘추』는 이견이 없지 않으나 공자의 저술로 알려져 있고, 원문의 미언대의(微言大義)를 천명한 전통적인 해설로 『공양전(公羊傳)』, 『곡량전(穀梁傳)』 및 『좌씨전(左氏傳)』이 한대(漢代)에 이미 갖추어졌다. 한나라부터 당나라까지의 유자들은 대체로 이 삼전(三傳) 가운데 하나를 통해 춘추를 공부하였고, 각 계통의 학자들은 사법(師法)을 엄격하게 지켜 다른 계통의 학설을 인정하지 않았다. 애초에 『춘추』라는 하나의 텍스트에서 출발하였으나 삼전은 각각 하나의 경전으로 인정되어 각각의 학파를 형성한 것이다. 송대에 들어와 이러한 편견들을 극복하고 삼전의 타당한 견해들을 취사선택하여 『춘추』를 연구하게 되면서 이들을 종합한 주석들이 시도되었는데, 이런 분위기에서 이른바 『춘추호전(春秋胡傳)』이라고 불리는 호안국(胡安國)의 『춘추전(春秋傳)』이 출현하였다. 이후 『춘추』를 공부하는 학자들은 『춘추호전』을 가장 중요한 주석서로 여기게 되었고, 조선의 학자들도 주로 이 책으로 『춘추』를 공부했다.

한주의 『춘추집전』은 이 『춘추호전』을 보완하는 성격이 강한데, 대체로 역사적 사실은 『좌전』을 기준으로 하고 해설은 『춘추호전』을 기준으로 하되, 미진하다고 생각되는 부분은 『공양전』을 비롯하여 주자의 견해 및 다량의 사서(史書)와 선유들의 논설을 수집하여 보완했다. 일찍이 『춘추호전』에 불만을 품고 있던 주자에게 제자들이 독자적인 해설서를 집필하기를 권유했으나 사양한 일이 있었는데, 이때에 이르러 한주가 이를 저술한 것은 나름대로의 자부와 사명감 때문이었을 듯하다. 그러므로 『춘추집전』은 한주 개인의 성취는 물론이거니와 조선의 경학사에서 의의가 큰 책이라고 할 수 있다. 아마 이런 이유 때문에 아들 이승희가 이 책을 중국으로 가져가 곡부(曲阜)에 있는 공자의 사당에 봉증하였을 것이다.

6. 『춘추익전(春秋翼傳)』

한주는 1875년에『춘추집전』을 탈고한 후 2년 뒤인 1877년에『춘추익전(春秋翼傳)』을 완성했다. 3편 4권의 필사본이 미간인 채로 남아있다. 노나라의 역사인『춘추』가 은공(隱公) 원년에서 애공(哀公) 14년까지 12대 242년간의 기록인 바, 여기에서 빠진 노나라의 역사를 수집하여 정리한 것이다. 전편(前編), 내편(內編), 후편(後編)으로 구성되어 있는데, 전편은 노나라에 처음 부임한 노공(魯公, 이름은 伯禽, 周公의 아들) 원년부터 혜공(惠公) 46년까지 393년 동안의 사실들을 수집정리한 제1권이고, 내편은 『춘추』의 대상 시기인 242년 동안의 사실 가운데『춘추』에 없는 내용들을 수집정리한 제2권과 3권이며, 후편은 애공 14년부터 목공(穆公) 7년까지 79년 동안의 사실들을 수집정리한 제4권이다. 목공 7년 이후의 사실들을 기록하지 않은 것은 주자의『자치통감강목(資治通鑑綱目)』에 그 이후의 사실들이 실려 있기 때문이다.

『춘추』의 기록을 보완하기 위해『좌전(左傳)』,『국어(國語)』,『사기(史記)』 등 여러 사서들을 참고하고 있으며,『춘추』의 규례(規例)에 따라 노나라를 기준으로 편년체로 서술하였다. 강(綱)과 목(目)을 구분하지 않고 연결하여 서술한 것이나, 매 해의 시작에 춘왕(春王)이란 용어를 별도로 적지 않은 것은『춘추』의 경문에 비견되는 참람함을 피하고자 한 것이다.

대체로『춘추』이전 시기와 이후 시기 및 공자가 삭제한 내용을 살펴봄으로써 공자가『춘추』를 집필한 의도와 필삭(筆削)의 기준을 탐색하려는 의도에서 집필한 것으로 생각된다. 또한 여러 곳에서 산견되는 노나라의 역사를 하나의 체계로 일목요연하게 정리함으로써 사료적 가

치도 크다고 할 수 있다.

7. 『천고심형(千古心衡)』

『천고심형(千古心衡)』은 한주가 60세이던 1877년에 저술한 필사본 2권의 역사평론집이다. 이 해 7월에 쓴 자신의 서문에 따르면 그 전 해에 『춘추집전』을 탈고하고 남은 힘으로 천고의 역사서들을 종람(縱覽)하고 저술하였다고 한다. 이 해 정월에는 『춘추익전』을 탈고하였으니 참으로 부지런한 한주였다. 한주는 50대 후반을 『춘추』를 비롯한 역사서들과 씨름하며 보냈던 것이다. 계속되는 서문에 의하면, 춘추시대 이전은 명나라 이동양(李東陽)의 『역대통감찬요(歷代通鑑纂要)』를 대상으로 하고 전국시대 이후는 주자의 『자치통감강목』과 우리나라 학자 김우옹(金字顒)의 『속강목(續綱目)』을 대상으로 하여 평론하였다.

예컨대, 황제(黃帝)가 처음 진법(陣法)을 만들었다거나 육십갑자를 제정하였다는 견해들의 허황함을 비판하는 따위이다. 전체적으로 한주의 예리한 역사가적 안목을 살펴볼 수 있는 저술이다.

8. 『직자심결(直字心訣)』

『직자심결(直字心訣)』은 한주가 34세이던 1851년에 저술한 2권의 필사본이다. 여러 경전과 선유들의 언급에서 직(直)과 관련된 내용을 뽑았는데, 자신이 쓴 서문에서 집필의 동기에 대해 재미있게 설명하고 있다.

나는 일찍이 성품이 백직(白直, 솔직함)하고 기상이 항직(亢直, 꼿꼿함)하였으며, 직언(直言)을 꺼리지 않았다. …… 이런 성향을 고치고자 생각하여 다른 사람들의 완곡하고 부드러운 모습을 보고 사모하여 따라하고자 하였으나 할 수 없었다. 어느 날 주자의 연보(年譜)를 보다가 돌아가시기 3일전에 평생 공부한 핵심을 말씀하기를, "성인이 만사에 응하고 천지가 만물을 내는 것은 직(直) 뿐이다."라고 하신 것을 보고 문득 의심이 생겼다. '주자 같은 대현께서 친히 요결을 전해 주시면서 이처럼 분명하게 말씀하시는데 어찌하여 나의 직(直)은 병통을 면치 못하는가? 나의 직이 지극하지 못해서인가, 아니면 나의 직은 직이 아니란 말인가?'라고 생각하다가 드디어 여러 성인들의 글에서 낱낱이 가려 뽑아 순서대로 비교해보고 나서야 이 한 글자가 유래가 있고 극히 요묘(要妙)함을 볼 수 있었다.

『서경』을 비롯하여 『시경』, 『주역』, 『논어』, 『중용』, 『대학』, 『맹자』, 『예기』 등의 경전과 주돈이(周敦頤), 정호(程顥), 정이(程頤), 장재(張載), 소옹(邵雍), 주희(朱熹) 등의 언급에서 직자와 관련된 내용을 뽑아 표제하고, 각 항목의 아래에 한 글자를 낮추어 다시 선유들의 관련된 견해들을 나열한 뒤 마지막에 자신의 안어(按語)를 붙였다.

9. 『구지록(求志錄)』

『구지록(求志錄)』은 한주의 독서록으로 23권의 필사본이다. 이 가운데 21권이 낙질이어서 현존하는 권수로 보면 22권이다. 한주가 제자들에게 보낸 편지에서 스스로 '『구지록』 23권'을 말하고 있는데, 어떻게 된 까닭인지 알 수 없다. 23세 때 저술한 『심경관계(心經竆啓)』에서부터 51세 때의 『서전차의(書傳箚義)』까지 독서할 때의 의문과 견해를 차록(箚錄)해 두었다가 만년에 거듭 수정하여 한 질로 묶은 책인데, 그 독서의 정밀함 및 일일이 적어두는 성실함 등 학자로서 한주의 자세와 면모를 보여주는 저술이다.

목차는 권1의 『대학차의(大學箚義)』, 권2의 『논어차의(論語箚義)』, 권3의 『맹자차의(孟子箚義)』, 권4의 『중용차의(中庸箚義)』, 권5의 『시전차의(詩傳箚義)』 및 『서전차의(書傳箚義)』, 권6~권9의 『역학관규(易學管窺)』, 권10의 『의례차의(儀禮箚義)』, 『주례차의(周禮箚義)』, 『예기차의(禮記箚義)』, 권11의 『태극도설차의(太極圖說箚義)』, 권12의 『통서차의(通書箚義)』, 『근사록차의(近思錄箚義)』, 권13~권14의 『주자대전고의(朱子大全考疑)』, 권15~권20의 『주자어류차의(朱子語類箚疑)』, 권22의 『심경관계』, 권23의 『퇴계집차의(退溪集箚疑)』로 구성되어 있다.

여기서 권6~권9의 『역학관규』는 「대역도상(大易圖象)」, 「계몽차의(啓蒙箚疑)」, 「역괘차의(易卦箚疑)」, 「역괘원상(易卦原象)」, 「팔괘집상(八卦集象)」, 「원점(原占)」 등 6종의 저술이 합쳐진 것인데, 독서록 성격의 '차의'와 전문적인 역학저술이 함께 수록되어 있다. 이 책은 원래 한주의 수택본(手澤本)으로 종가에 미간인 채로 소장되어 있었는데 1960년대 초에 소설가 김동리(金東里)의 형이자 동양철학자인 김범부(金凡父) 씨가 빌려갔다가 분실하였다. 후일 『한주전서』가 합간될 즈음에 종가에서 수소문한 결과, 한주의 문인인 곽종석이 그의 제자 김황(金榥)을 가르치기 위해 필사한 한 부가 김황의 집안에 소장되어 있음을 알고 이를 빌려 간행했다. 그 뒤 성균관대학교 대동문화연구소가 자료를 수집하던 중 국립중앙도서관에 저자미상의 『역학관규』가 소장되어 있음을 알고 이를 『한주전서』

본과 대조한 결과 김범부 씨가 분실한 원본임을 확인하게 되었다. 도서관측은 이를 1984년에 인사동 호고당에서 구입했다고 밝혔는데 선현의 유저가 끝내 유실되지 않고 있다가 다시 빛을 보게 되었기에 전말을 소개해 둔다.

권15~권20의 『주자어류차의(朱子語類箚疑)』도 주목해야 할 저술이다. 한주의 아들 이승희는 부친의 『행록(行錄)』에서 이 책의 의의를 다음과 같이 말하였다.

> 부군은 일찍이 말씀하기를 "나의 일생의 정력은 『어류(語類)』 책에 있다." 하였다. 이 책은 문인(門人)들이 때와 장소에 따라 기록한 것이며, 선생의 진도(進道)와 입언(立言)은 초년·중년·만년의 차이가 있고 기록한 사람도 정오(正誤)와 상략(詳略)의 차이가 있으므로 자체로 모순이 되는 것이 많고 게다가 혹 정론(定論)은 적고 미정(未定)인 설이 많은 경우도 있다. 부군은 이 책을 끝까지 통독하고 의심스러운 곳들을 차록(箚錄), 사서집주(四書集註)와 『주자대전(朱子大全)』과 비교 검토하여 학설의 이동(異同)의 귀결을 궁구하였다. 서로 어긋난 학설은 문인이 선생의 말씀을 들은 세월의 선후로써 판단, 어느 학설은 따르고 어느 학설은 버리는 것에 모두 분명한 근거가 있었다. 그리하여 무려 11년이지나서야 저술을 완성하였고 또 12년에 걸쳐 거듭 교감하였다. 그런 뒤에 주자의 깊고 은미한 뜻이 환히 드러나 볼 수 있게 되었고, 부군의 평생의 이학(理學) 또한 이 책을 따라서 이루어졌으니, 아아, 정밀하고 지극하도다!

한주는 『주자어류차의』를 집필하면서, 주자의 만년정설(晩年定說)을 추출하여 주자의 본의를 파악하고 '심즉리설'을 주장할 수 있었던 것이다.

10. 『변지록(辨志錄)』

『변지록(辨志錄)』은 주기(主氣)의 오류를 변정(辨正)하기 위해 저술한 4권의 필사본이다. 명나라 사람 나흠순(羅欽順)의 『곤지기(困知記)』를 비판한「곤지기변(困知記辨)」을 비롯하여 율곡의 주기론을 비판한「사칠변(四七辨)」및 기호학파의 대표적 인물들인 남당(南塘) 한원진(韓元震, 1682~1751), 외암(巍巖) 이간(李柬, 1677~1727), 창계(滄溪) 임영(林泳, 1649~1696), 녹문(鹿門) 임성주(任聖周, 1711~1788) 등의 학설을 비판한 글들이 실려 있다. 주리학자 한주의 명징한 견해를 살필 수 있는 저술이다.

이상 10종의 저술 135권은 한주가 단순한 성리학자가 아니라 경학, 문학, 성리학, 예학 역사학 등 다방면에 걸쳐 정상급의 성취를 이룬 학자임을 웅변하고 있다.

제3장
문인개황

문인개황

　한주는 평생 스승으로 자처하지 않았으나, 한주의 문인록에 이름을 올린 자가 130명 내외였다. 당시 한주와 함께 영남삼로(嶺南三老)라고 불린 서산(西山) 김흥락(金興洛)과 사미헌(四未軒) 장복추(張福樞)의 문인이 700여 명에 달하는 것과 비교하면 턱없이 적은 수이지만, 당대의 석학들은 모두 그의 제자됨을 자랑스럽게 여겼다. '심즉리'의 독창적인 학설로 도산서원의 파문을 당한 까닭에 그에게 배운 자들조차 문인록에 이름을 올리기 꺼려했지만, 면우(俛宇) 곽종석(郭鍾錫), 대계(大溪) 이승희(李承熙) 등의 주문팔현(洲門八賢)을 비롯한 문인들이 스승의 학문을 계승하여 빛냈다. 제자들은 다시 제자들을 길러 한주의 유풍이 면면히 이어졌으니, 오늘날 한주학파(寒洲學派)라는 이름이 있게 되었다.

　한주의 문인록은 근년에 일실되었으나, 1981년에 역학자(易學者) 김병호(金炳浩)가 『유학연원록(儒學淵源錄)』을 간행하면서 한주의 문인록을 전재(轉載)한 것을 근거로 하고 새로 발굴된 약간의 인물을 보완하여 131인의 이력을 간단하게 소개한다. 문인들은 생년 순으로 정리하였으며, 동년생인 경우에는 가나다 순으로 실었다.

- 이관희(李觀熙, 1824~1895) : 자는 희빈(羲賓), 호는 포수(浦叟), 관향은 성산. 한주의 숙부 응와 이원조의 장손으로 의금부 도사를 지냈다. 덕기가 혼후했다.
- 김태응(金台應, 1826~1897) : 자는 현가(鉉可), 호는 거관(居觀) 또는 일와(一窩), 관향은 의성. 문장이 빼어나고 행의(行義)로 사림의 존중을 받았다.
- 이기상(李驥相, 1826~1903) : 자는 치천(稺千), 호는 민와(敏窩), 관향은 성산. 응와의 차자로 통례원 인의(通禮院引儀)를 지냈다. 겸손하고 어질었다.
- 장승원(張升遠, 1826~1900) : 자는 이가(邇可) 호는 담옥(澹屋), 관향은 인동. 응와의 사위이며, 의금부 도사에 제수되었다.
- 정달화(鄭達和, 1826~?) : 자는 치극(致極), 관향은 청주.
- 이귀상(李龜相, 1829~1890) : 자는 치등(稺登), 호는 포석(蒲石), 관향은 성산. 응와의 3자로 문과정시에 장원하여 홍문관 교리를 지냈다.
- 이운상(李雲相, 1829~1891) : 자는 여림(汝霖), 호는 담와(澹窩), 관향은 성산. 한주의 동생으로 문장과 학문이 넉넉하고 회포가 정갈했다.
- 송인호(宋寅濩, 1830~1889) : 자는 강수(康叟), 호는 관악(觀岳), 관향은 야성(冶城). 야계(倻溪) 송희규(宋希奎)의 후손이며, 한주의 매제로 문집이 있다.
- 이만정(李晚正, 1830~1902) : 자는 계연(啓衍), 호는 언물대(言勿臺), 관향은 진성. 퇴계의 후손으로 한주의 생질이다. 문과에 급제하여 사헌부 장령, 홍문관 응교 등을 지냈다.
- 이희락(李熙洛, 1830~1877) : 자는 덕일(德一), 호는 계은(溪隱), 관향은 성산으로 유고가 있다.
- 강귀상(姜龜相, 1832~?) : 자는 가범(可範), 호는 유해(由偕), 관향은 진주. 사람됨이 헌앙(軒昻)하고 기개가 있었다. 을미사변에 동문들과 대궐문에 엎드려 통곡했다.
- 성규호(成圭鎬, 1832~1889) : 자는 성회(聖會), 호는 아석(我石), 관향은 창녕. 한주의 사위인 성우영(成瑀永)의 부친이니 한주와는 사돈 간이다.
- 김휘림(金徽林, 1833~?) : 자는 청여(清汝), 관향은 의성.

- 허유(許愈, 1833~1904) : 자는 퇴이(退而), 호는 후산(后山) 또는 남려(南黎), 관향은 김해. 주문팔현의 한 사람으로 덕기(德器)가 혼후했다.
- 이상석(李相奭, 1835~1921) : 자는 복여(福汝), 호는 농암(聾巖), 관향은 광주(廣州). 한주의 종형 이정상(李鼎相)의 사위로, 학술과 문장으로 저명했다. 문집이 있다.
- 류난영(柳蘭榮, 1838~1917) : 자는 사휘(士輝), 관향은 풍산이다. 한주의 사위인 류인영(柳仁榮)의 형이며, 척암(拓庵) 김도화(金道和)의 안동의진(安東義鎭)의 도총(都摠)으로 활약했다.
- 박상태(朴尙台, 1838~1900) : 자는 광원(光遠), 호는 학산(鶴山), 관향은 밀양. 문집이 있다. 경남 산청 단계의 강학처에 학산서당이 있다.
- 양전환(楊典煥, 1838~?) : 자는 내술(乃述), 관향은 밀양이다.
- 이혁남(李赫南, 1838~?) : 자는 이추(而樞), 관향은 전주이다.
- 이하영(李夏永, 1838~?) : 자는 영원(榮元), 호는 매헌(梅軒), 관향은 합천이다.
- 이현문(李鉉汶, 1838~?) : 자는 응현(應顯), 호는 우석헌(友石軒), 관향은 연안이다.
- 곽휘근(郭徽根, 1839~?) : 자는 순여(舜汝), 관향은 현풍이다.
- 김봉래(金鳳來, 1839~?) : 자는 순호(舜皥), 관향은 선산이다.
- 송민용(宋民用, 1839~1904) : 자는 순원(舜元), 호는 상강(尙岡), 관향은 은진으로 문집이 있다. 경학과 예학에 조예가 깊었다.
- 이주(李洙, 1839~1896) : 자는 덕오(德五), 호는 금사(琴史), 관향은 성산이다.
- 정지선(鄭趾善, 1839~1897) : 자는 약중(若仲), 호는 긍재(兢齋), 본관은 동래이다. 문집이 있다.
- 김호림(金護林, 1842~1896) : 자는 낙여(樂汝), 호는 하강(下岡), 본관은 의성이다. 동강(東岡) 김우옹(金宇顒)의 12대 종손으로 심산(心山) 김창숙(金昌淑)의 부친이다.

- **류발영**(柳發榮, 1842~?) : 자는 덕응(德應), 관향은 풍산이다.
- **안정택**(安鼎宅, 1842~1901) : 자는 처인(處仁), 호는 노천(老川), 관향은 순흥이다. 경남 함안 출신으로 문집 2책이 간행되었다.
- **여한규**(呂翰奎, 1843~?) : 자는 남옹(南翁), 관향은 성산이다.
- **이달희**(李達熙, 1843~1912) : 자는 공옥(公玉), 호는 규원(葵園), 응와의 손자이며 이기상(李驥相)의 아들이다. 생원시에 장원하였다.
- **이수태**(李壽泰, 1843~1918) : 자는 성서(聖瑞), 호는 농천(農泉)이며 관향은 성산이다. 한주의 회연서원(檜淵書院) 강회 시에 입문하였다.
- **김제현**(金濟鉉, 1844~?) : 자는 중집(衆楫), 관향은 상산(商山)이다.
- **김진호**(金鎭祜, 1845~1908) : 자는 치수(致受), 호는 물천(勿川), 관향은 상산(商山)이다. 주문팔현의 한 사람으로 강우지역의 큰 선비였다.
- **류인영**(柳仁榮, 1845~?) : 자는 사칙(士則), 관향은 풍산이며 한주의 사위이다. 안동 하회에 살았다.
- **윤택규**(尹宅逵, 1845~1928) : 자는 인재(仁載), 호는 설봉(雪峯)이며 본관은 파평이다. 서울에 가서 과거를 보았으나 그 불공정함에 분노하여 낙향한 뒤 성리학에 잠심하였다. 문집 2권이 있다.
- **이종연**(李鍾淵, 1845~?) : 자는 여옥(汝玉), 관향은 광주(廣州)이다.
- **이현주**(李玄澍, 1845~1910) : 자는 성진(聲振), 호는 하당(霞堂), 관향은 전의(全義). 한주의 아우인 이운상의 사위로 진사시에 급제하고 경주군수를 지냈다.
- **곽종석**(郭鍾錫, 1846~1919) : 자는 명원(鳴遠), 호는 면우(俛宇), 관향은 현풍이다. 유일로 벼슬이 참찬(參贊)에 이르렀고, 문집 177권을 남겼다. 주문팔현의 한 사람으로 당대 최고의 학자였다. 유림단파리장서를 주도하였고, 건국훈장 독립장이 추서되었다.
- **윤주하**(尹冑夏, 1846~1906) : 자는 충여(忠汝), 호는 교우(膠宇), 관향은 파평(坡平)이다. 주문팔현의 한 사람으로 문집 20권 11책이 간행되었다.
- **이광훈**(李光勳, 1846~1907) : 자는 순조(舜祚), 관향은 성산. 고령 관동에 살

았으며, 순후한 성품으로 문사(門事)에 공이 많았다.

- 이정모(李正模, 1846~1875) : 자는 성양(聖養), 호는 자동(紫東), 관향은 고성(固城)이다. 주문팔현의 한 사람이며 30세에 요절하였으나, 문집 6권3책을 남겼다.

- 이조현(李祚鉉, 1846~1886) : 자는 명옥(命玉), 호는 용호(龍湖), 관향은 성산이다. 문집 4책이 간행되었다.

- 송제익(宋濟翼, 1847~?) : 자는 치주(致舟), 관향은 야성(治城)이다.

- 송진익(宋晉翼, 1847~?) : 자는 치전(致專), 관향은 야성이다.

- 여영근(呂永根, 1847~?) : 자는 중규(仲規), 관향은 성산이다.

- 이승희(李承熙, 1847~1916) : 한주의 아들이다. 자는 계도(啓道), 호는 대계(大溪), 강재(剛齋), 한계(韓溪) 등이 있다. 주문팔현의 한 사람으로 만주로 망명하여 독립운동에 투신하였으며, 학문과 행적이 모두 탁월했다. 건국훈장 대통령장이 추서되었다.

- 최호동(崔鎬東, 1847~?) : 자는 형옥(衡玉), 관향은 영천이다.

- 이지훈(李志薰, 1848~1897) : 자는 남서(南瑞), 호는 함재(涵齋), 관향은 성산. 유고 2권이 있다.

- 이현윤(李玄潤, 1848~?) : 자는 천경(天慶), 관향은 전의이다.

- 곽수원(郭守元, 1850~?) : 자는 인가(仁可), 관향은 현풍이다.

- 남건(南健, 1850~?) : 자는 성행(聖行), 관향은 영양이다.

- 류영우(柳永佑, 1850~1934) : 자는 현필(賢弼), 관향은 풍산이다. 한주의 사위인 류인영의 조카로 생원이다.

- 박승열(朴升烈, 1850~?) : 자는 수옥(守玉), 관향은 고령이다.

- 성기영(成琪永, 1850~?) : 자는 공옥(公玉), 관향은 창녕이다. 한주의 사위인 성우영의 형으로 창녕 석동에 살았다.

- 이구상(李九相, 1850~1887) : 자는 희용(羲用), 호는 축암(鷲庵), 관향은 성산. 유고 1권이 있다.

- 곽종운(郭鍾雲, 1851~?) : 자는 경우(景虞), 관향은 현풍이다.

- **이병조**(李秉祚, 1851~1919) : 자는 치석(穉錫), 호는 소린(素隣), 관향은 성산으로 유고 1권이 있다.
- **장석영**(張錫英, 1851~1929) : 자는 순화(舜華), 호는 회당(晦堂)이며 관향은 인동이다. 형조참판 장시표(張時杓)의 아들이며 주문팔현의 한 사람이다. 박학과 문장으로 저명하였으며, 독립운동에 투신하여 건국훈장 독립장이 추서되었다.
- **최성우**(崔性宇, 1851~?) : 자는 성약(成若), 관향은 영천으로 한주의 사위이다.
- **도원상**(都元相, 1852~1933) : 자는 순팔(舜八), 호는 이계(伊溪)이며 관향은 성주이다.
- **안영배**(安永培, 1852~?) : 자는 서구(叙九), 관향은 강진(康津)이다.
- **이규희**(李奎熙, 1852~1923) : 자는 취오(聚五), 호는 성서(星墅), 관향은 성산. 한주의 족질이며, 유고 6권이 있다.
- **이양태**(李陽泰, 1852~1892) : 자는 희건(羲健), 호는 척약재(惕若齋)이며 관향은 성산이다. 한주의 회연서원(檜淵書院) 강회 시에 입문하였다.
- **이준구**(李浚九, 1852~?) : 자는 숙명(肅明), 관향은 여강(驪江)이다.
- **임병희**(林炳熙, 1852~?) : 자는 상칠(象七), 관향은 은진이다.
- **허준**(許鐏, 1852~?) : 자는 명현(明現), 관향은 김해이다.
- **김선**(金瑄, 1853~?) : 자는 선백(宣伯), 관향은 선산이다.
- **이백상**(李百相, 1853~1905) : 자는 하규(夏揆), 호는 성파(星坡), 관향은 성산으로 한주의 족제이다.
- **이재백**(李在鵒, 1853~?) : 자는 군점(君漸), 관향은 광주(光州)이다.
- **이현직**(李玄稷, 1853~?) : 자는 대필(大弼), 관향은 전의이다.
- **정진영**(鄭搢永, 1853~?) : 자는 군옥(君玉), 관향은 청주이다.
- **박규선**(朴圭善, 1854~?) : 자는 성백(聖伯), 관향은 밀양이다.
- **이지온**(李志蘊, 1854~1894) : 자는 중휘(仲輝), 호는 동주(東洲), 관향은 성산이다.

- 이탁서(李鐸書, 1854~?) : 자는 석구(錫九), 관향은 경산(京山)이다.
- 하용제(河龍濟, 1854~1919) : 자는 은거(殷巨), 호는 약헌(約軒)이며 관향은 진주이다. 무과에 급제하여 군수, 첨사 등의 관직을 역임하고 파리장서에 서명했다. 문집이 있다.
- 허신(許伸, 1854~1934) : 자는 치삼(致三), 호는 파서(巴墅), 본관은 하양. 한주의 아우 이운상(李雲相)이 사위로, 학문이 훌륭했다. 유고(遺稿)가 있다.
- 박승규(朴升奎, 1855~?) : 자는 정헌(貞獻), 관향은 밀양이다.
- 이건희(李鍵熙, 1855~1900) : 자는 계백(啓伯), 호는 어잠(漁岑), 관향은 성산으로 한주의 조카이다.
- 이능열(李能烈, 1855~?) : 자는 극선(克善), 관향은 여강이다.
- 이덕후(李德厚, 1855~1927) : 자는 경재(景載), 호는 면와(勉窩)이며 관향은 벽진이다. 경학에 조예가 깊었고, 파리장서에 서명하여 건국포장이 추서되었다.
- 이문하(李文夏, 1855~?) : 자는 상순(相舜), 관향은 성산이다.
- 이석균(李銆均, 1855~?) : 자는 공이(公伊), 관향은 연안이다.
- 이익희(李益熙, 1855~1916) : 자는 순백(舜伯), 호는 간취(澗翠), 관향은 성산으로 유고 2권이 있다. 한주의 족질로 규희(奎熙)의 아우이다.
- 이탁진(李鐸震, 1855~?) : 자는 희서(羲瑞), 관향은 경산(京山)이다.
- 김세희(金世熙, 1856~?) : 자는 천민(天民), 관향은 의성이다.
- 성우영(成瑀永, 1856~?) : 자는 우옥(禹玉), 관향은 창녕으로 한주의 사위이다.
- 이덕희(李德熙, 1856~1893) : 자는 훈일(薰一), 호는 일포(一浦), 관향은 성산으로 유고 1권이 있다. 한주의 종제 이귀상의 아들이다.
- 이두훈(李斗勳, 1856~1918) : 자는 대형(大衡), 호는 홍와(弘窩), 관향은 성산으로 주문팔현의 한 사람이다. 문집 13권 7책이 간행되었다.
- 이승의(李承懿, 1856~?) : 자는 성가(聖可), 관향은 벽진이다.
- 이현공(李玄祺, 1856~?) : 자는 천필(天弼), 관향은 전의이다.

- **안유상**(安有商, 1857~1929) : 자는 여형(汝衡), 호는 도천(陶川), 관향은 순흥이며, 경남 함안 우곡리(牛谷里) 사람이다. 문집 2책이 간행되었다.
- **이근중**(李根重, 1857~?) : 자는 구지(久之), 관향은 전의이다.
- **장필원**(張弼遠, 1857~?) : 자는 회부(晦夫), 관향은 인동이다.
- **정재덕**(鄭在德, 1857~?) : 자는 준명(浚明), 관향은 청주이다.
- **허숙**(許塾, 1857~?) : 자는 용경(容卿), 관향은 김해로 한주의 사위이다.
- **김성동**(金晟東, 1858~?) : 자는 성필(聖必), 관향은 서흥이다.
- **이용희**(李鏞熙, 1858~1897) : 자는 응중(應仲), 호는 성주(聲洲), 관향은 성산으로 한주의 조카이다.
- **장기원**(張基遠, 1858~?) : 자는 희영(希永), 관향은 인동이다.
- **이안기**(李安基, 1859~?) : 자는 가윤(可允), 관향은 재령이다.
- **이도용**(李道容, 1860~?) : 자는 공유(孔維), 관향은 성산이다.
- **이만시**(李萬時, 1860~?) : 자는 성행(聖行), 관향은 벽진이다.
- **이영훈**(李英勳, 1860~1887) : 자는 낙칠(洛七), 호는 옥서(玉西), 관향은 성산으로 홍와 이두훈의 삼종제이다. 재기가 출중하였으나 조졸했다.
- **이형모**(李衡模, 1860~?) : 자는 성중(聖中), 관향은 고성이다.
- **허용**(許墉, 1860~?) : 자는 숭경(崇卿), 관향은 김해이다.
- **이성희**(李星熙, 1861~1908) : 자는 경옥(景玉), 호는 추악(秋岳), 관향은 성산이니 한주의 종질이다.
- **이성구**(李性求, 1861~?) : 자는 치항(稺恒), 관향은 한산이다.
- **김희주**(金熙洯, 1862~?) : 자는 낙초(洛初), 관향은 서흥이다.
- **송호문**(宋鎬文, 1862~?) : 자는 자순(子純), 관향은 은진이다.
- **이전희**(李銓熙, 1862~1930) : 자는 형숙(衡叔), 관향은 성산으로 한주의 조카이다.
- **이돈후**(李敦厚, 1863~?) : 자는 경신(景愼), 관향은 벽진이다.
- **송진태**(宋鎭台, 1864~?) : 자는 취삼(就三), 관향은 여산(礪山)이다.
- **이명원**(李命源, 1864~?) : 자는 성재(誠哉), 관향은 경산(京山)이다.

- 김창식(金昌植, 1865~?) : 자는 문학(文學), 관향은 서홍이다.
- 송호언(宋鎬彦, 1865~?) : 자는 자경(子敬), 관향은 은진이다.
- 이대근(李大根, 1865~?) : 자는 성표(聖杓), 관향은 광산(光山)이다.
- 이상기(李相冀, 1866~?) : 자는 우존(禹尊), 관향은 광주이다.
- 이현우(李玄佑, 1866~?) : 자는 경백(敬伯), 관향은 전의이다.
- 김홍순(金弘淳, 1867~?) : 자는 도중(道重), 관향은 상산(商山)이다.
- 이기용(李基容, 1867~1913) : 자는 도흥(道興), 관향은 성산. 한주의 족손으로 태학경과시(太學經科試)에 급제하여 성균관 박사가 되고 원구단 대제에 봉조관(奉俎官)으로 배종하여 6품 참상관에 올랐다. 유집 3권이 있다.
- 이기혁(李基赫, 1867~1897) : 자는 덕초(德初), 관향은 성산이다.
- 이명원(李明源, 1868~?) : 자는 윤흠(允欽), 관향은 성산이다.
- 이헌조(李憲祖, 1868~?) : 자는 자중(子中), 관향은 성산이다.
- 이태훈(李台勳, 1869~?) : 자는 국형(國衡), 관향은 성산으로 한말에 주사(主事)를 지냈다. 홍와 이두훈의 종제이다.
- 김한칠(金翰七, 1870~?) : 자는 순형(舜衡), 관향은 광주(廣州)이다.
- 이탁로(李鐸路, 1870~?) : 자는 맹순(孟徇), 관향은 경산(京山)이다.
- 정복희(鄭復禧, 1870~?) : 자는 사인(士仁), 관향은 동래이다.
- 허로(許魯, 1871~?) : 자는 치가(致可), 관향은 김해이다.
- 이면희(李緜熙, 1872~1955) : 자는 계원(啓遠), 호는 포농(浦儂), 관향은 성산이며 한주의 족질이다. 유고 2권이 있다.
- 이진배(李晉培, 1872~?) : 자는 자소(自昭), 관향은 경산(京山)이다.
- 유이배(兪以培, 1873~?) : 자는 달겸(達兼), 관향은 창원이다.

제4장
주문팔현
(洲門八賢)
약전

주문팔현(淵門八賢) 약전

　한주가 <심즉리설(心卽理說)>을 발표하고 9년 뒤인 1870년 봄에 허유(許愈)가 배움을 청하고부터 이른바 주문팔현들이 속속 한주의 문하에 들어왔다. 그 해 겨울에는 곽종석(郭鍾錫)이 입문하였고, 1872년에는 이정모(李正模)가, 1874년에는 이두훈(李斗勳)이, 1876년에는 윤주하(尹冑夏)가, 1878년에는 장석영(張錫英)과 김진호(金鎭祜)가 각각 문하에 들어왔다. 이들이 입문한 시기는 한주의 학문적 열정과 성과가 절정에 이른 50대였고, 특히 <심즉리설>이 세상에 알려져 논의가 분분하던 시기였음이 주목된다. 그들은 논의가 완정되지 않은 <심즉리설>에 찬동하여 입문하고, 후일 이 학설의 수호자들이 된다. 이하 그들의 생애를 간략하게 정리한다. 생년 순으로 소개하고 동년인 경우에는 가나다순에 따랐다.

1. 후산(后山) 허유(許愈)

허유(1833~1904)는 자가 퇴이(退而), 호가 후산(后山) 또는 남려(南黎)이며 본관은 김해(金海)다. 경남 삼가현(三嘉縣)의 오도리(吾道里)에서 태어났다. 어려서부터 재기가 출중하여 8세에 "소나무 끝 흰 학은 구름과 어울려 서 있고, 울타리 아래 노란 닭은 해를 향해 운다.[松端白鶴和雲立, 籬下黃鷄向 日啼]"라는 시구를 지었다고 한다. 젊은 시절에 한유(韓愈, 당나라의 대문호)의 문장을 좋아하여 남려(南黎)로 자호하였다. 34세 때 의령의 미연서원 (嵋淵書院)을 방문한 성재(性齋) 허전(許傳)을 찾아갔는데, 허성재는 후산을 당세의 큰 선비로 인정했다.

38세(1870)에 한주를 찾아가 옛 성현들이 추구한 주리(主理)의 요지를 듣고 깨달음이 있었다. 떠날 때에 한주는 이천(伊川) 정이(程頤)의 치지거 경(致知居敬)의 요결을 적어주면서, "천고의 심학이 오직 이것을 핵심으 로 한다."고 했다. 40세(1872) 여름에 곽종석, 이정모 등과 함께 다시 한 주를 찾아가 가르침을 듣고 돌아왔는데 이로부터 학문의 조예가 깊어 지고 실천이 독실했다. 후산이 찾아오고 2년이 지난 1874년 겨울에 한 주는 가야산록의 만귀정(晩歸亭)에 들어가 독서하였는데, 이때 후산을 생 각하며 다음과 같은 시를 지었다.

吾道將南望蔚然　　우리 도가 남으로 가 바라보니 울창한데,
百斤擔負想楨肩　　백 근 무게 짊어지니 어깨가 붉었으리.
求端政好絲抽緒　　단서를 찾을 때는 실마리 뽑듯 하여,
進步須如矢發弦　　시위 떠난 화살처럼 나아가기를.

1,2구는 자신의 학문을 후산에게 기대함이고, 3,4구는 후산을 깨우치고 격려함이다. 이정모가 한주의 심즉리설을 듣고 처음에는 믿지 못했는데, 이즈음 후산이 여러 차례 글을 보내 깨우치자 "지난날 어렴풋하던 것이 유리병처럼 환해졌다."고 했다. 52세(1884)에 삼가현감 신두선(申斗善)이 고을 수재 20명을 선발하고 후산을 스승으로 초빙했다. 후산은 노백헌(老栢軒) 정재규(鄭載圭)와 함께 『대학』을 강론하고 강록 1권을 남겼다. 53세 겨울에 현감에게 남명의 유촉지인 뇌룡정(雷龍亭) 중건을 건의하여 낙성을 보았다. 학자(學資)를 마련하고 강규(講規)를 만들어 정재규와 함께 번갈아 강장(講長)이 되어 후진을 교도했다.

54세(1886)에 한주가 작고하자 심상을 입고, 스승을 이어 고령 회보계(會輔契)의 강장이 되어 강학했다. 60세에 뇌룡정에서 『남명집』을 교정하였고, 62세에는 한주의 『이학종요(理學綜要)』와 문집의 초고를 교정했다. 이듬해 63세(1895)에는 거창의 원천정(原泉亭)에서 『한주집』 간행을 감독했다. 65세(1897)에 성주의 한개마을 서쪽 한주의 유촉지에 삼봉서당이 낙성되자 강장으로 취임하여 향음주례를 거행했다. 1902년에 경상감영에 낙육재(樂育齋)가 설치되자 70세의 후산은 훈장으로 초빙되어 향음주례를 거행하고 강학의 절목을 정했다. 이듬해 유일(遺逸)로 천거되어 경기전참봉에 제수되었으나 나가지 않았다.

1904년 4월초부터 병이 점점 깊어졌다. 4월 4일에 이승희에게 영결에 즈음하여 부탁하는 편지를 보내고, 6일에는 김진호와 사단칠정에 대해 토론하였다. 사람들이 장시간의 토론을 말리자, "옛 사람이, '죽은 뒤에 그만둔다.'고 하였으니 내가 지금 이 말을 하지 않으면 다시 언제 할 것인가!" 하였다. 7일에 자리를 정돈하고 머리를 동쪽으로 하게 한 뒤 조용히 생애를 마치니 72세였다. 임종 시에 집안일에 대해서는 일체 말이 없었고, 제생들의 학업을 권면할 뿐이었다.

후산은 덕기가 혼후하고 도량이 넓었다. 성품이 봄볕처럼 온화하여 마치 가부(可否)가 없는 듯하였으나 천리와 인욕의 구분에는 밝고도 엄격하여 한 치의 어긋남도 없었다. 주문팔현의 만형으로 스승의 학설을 견지하고 후배들을 이끌어 동문들이 의지함이 깊었다. 이승희가 행장을 지었고, 곽종석이 묘갈명을 지었으며, 장석영이 묘지명을 지었다. 유문을 수습하여 『후산집(后山集)』 원집 19권 10책이 1909년에 목판으로 간행되었고, 1964년에 속집 8권이 간행되었다.

2. 물천(勿川) 김진호(金鎭祜)

김진호(1845~1908)는 자가 치수(致受), 호가 물천(勿川)·약천(約泉)·간헌(艮軒)이며, 관향은 상산(商山)이다. 산청군 신등면 법물리(法勿里)에서 성일(聲佾)의 아들로 태어났다. 모친이 산고로 작고하여 조모가 양육하였는데, 지나가던 술사(術士)가 "이 아이가 장차 학문을 크게 이룰 것"이라고 예언하였다고 한다. 17세에 만성(晚醒) 박치복(朴致馥)의 문하에 나가 배웠는데, 동문의 자동(紫東) 이정모(李正模)와 가장 의기가 투합하였다.

22세에 성재(性齋) 허전(許傳)에게 나아가 학문을 질정하였다. 성재는 물천의 부친에게 보낸 편지에서, 물천의 "자질이 순아(純雅)하여 조예(造詣)를 예측하기 어렵다."고 칭찬했다. 24세에 <가거절목(家居節目)>을 지어 경(敬)을 실천하여 근본에 힘쓰고자 하는 뜻을 밝혔다. 30세에 자신을 방문한 면우 곽종석과 함께 학문을 강마하니 사람들이 '난새와 봉황이 마주보고 서 있는 듯하다.[鸞鳳峙立]'고 했다.

34세에 성주의 대포(大浦, 한개마을)로 한주선생을 찾아가 뵙고 주리학(主理學)의 취지를 들었다. 떠나오면서 한주에게 경계의 말씀을 청하자, 한주는 학문의 세 가지 요점과 세 가지 병통을 말해주었다. 아울러 경(敬)과 의(義)를 실천하면 인욕이 사라지고 천리가 보존되는 뜻을 말해주며 장래를 기대하였다.

42세 9월과 10월에 성재와 한주가 각기 세상을 떠나자 심상(心喪)을 입었다. 43세에 법물리에 물천서당을 세워 강학의 터전을 마련하고 동서재를 각각 '복재(復齋)'와 '몽재(蒙齋)'라고 편액하였다. 면우는 <물천서당기(勿川書堂記)>에서 '복재'는 예가 아니면 보지도 듣지도 말하지도 움직이지도 않는 사물(四勿)로 안자(顏子)의 극기복례(克己復禮)를 이루고자 하는 뜻이고, 몽재는 아이 때부터 성인의 언동을 가르쳐 사물에 종사하게 하고자 하는 뜻이라고 하였다. 물천서당은 1916년에 중건하였고, 2003년에 물천고택으로 옮겨 지금까지 보존되고 있다.

51세에는 거창 가조(加祚)의 원천정(原泉亭)에서 동문들과 함께 『한주집(寒洲集)』을 교정 간행하였고, 58세 때는 용문정사(龍門精舍)를 세워 삭강(朔講, 매월 초하루에 익힌 것을 점검하는 일)의 규정을 만들어 후학들을 가르쳤다. 면우는 <용문정사기(龍門精舍記)>를 지어, 만년에 용문(龍門)에 거처하며 강학하였던 정이천(程伊川)의 풍도를 물천이 본받고자 한 뜻을 밝혔다. 심산(心山) 김창숙(金昌淑)은 이 용문정사에서 배우던 일을 회상하여, "어릴 때를 생각하니, 내가 용문정사에 올라 선생에게 절하고 밝은 이치를 질문하면서 덕에 심취해 잊지 못한 지가 지금 50여 년이다. 때때로 선생의 문집을 취하여 읽어보면 죽기 전에 하루도 손에서 뗄 수 없는 것임을 느낄 수 있다."라고 했다.

61세 때인 1905년에 을사늑약이 체결되자 대계와 면우 등이 상경하여 오적(五賊)을 목벨 것을 상소하고 열국(列國) 공관(公館)에 대의(大義)를 포고하고자 했다. 물천은 이 일에 동참하고자 달려갔으나, 도중에 열국의 공관들이 폐쇄되었다는 소식을 듣고 되돌아왔다. 이후 물천은 고향에서 후학을 교도하는 일에만 전념하다가 64세에 세상을 떠났다.

회봉(晦峰) 하겸진(河謙鎭)은 물천의 묘갈명에서, "선생은 천지가 장차 닫히려는 시절을 만나 평생을 초야에서 곤궁하게 지냈으나, 문호를 열어 후학을 가르치고 글을 지어 후세에 남겼으니 우리 유학을 붙들어 지킨 공로가 성대하다. 아아! 선생이야말로 이른바 은거하여 고상한 뜻을 가꾸고 사업을 이룬 군자가 아니겠는가!"라고 물천의 생애를 요약했다.

물천은 멀리로는 남명(南冥)을 사숙하고, 당대에는 만성(晩醒)에게 문학을 익혔으며, 성재(性齋)에게 예학을 익히고, 한주(寒洲)에게서 이학(理學)을 배웠다. 한주의 심즉리설(心卽理說)이 핍박 받을 때도 스승의 학문이 정론임을 의심치 않았다. 물천은 한주가 작고한 뒤 올린 제문에서, "이기(理氣)의 변론은 그 근원이 정미하여 약간의 차이로도 천리의 격차가 생기게 되니 큰 안목으로 마음을 다해 노력하지 않으면 살필 수가 없습니다. 퇴계선생이 정한 의론에 정법안장(正法眼藏)이 있음에도 기(氣)를 주장하는 자들이 생겨나 성행하였으니 그 해로움이 천리를 뒤집고 인욕에 빠지는 데 이르러 위태하게 되었습니다. 선생께서 개연히 이단의 견해가 진리를 어지럽히는 것을 슬퍼하고 입이 아프도록 변설하여 이학의 핵심을 모아 『이학종요(理學綜要)』를 저술하셨습니다. 일체의 먼지들을 말끔히 씻고 참된 도리를 밝혀 퇴계선생의 본래 뜻이 단청처럼 빛나도록 하셨으니 오호라 위대하도다!"라고 하였다.

문인 이교우(李敎宇)가 행장을 짓고, 문인 하경락(河經洛)이 묘지명을 지었으며, 회봉(晦峰) 하겸진(河謙鎭)이 묘갈명을 지었다. 문집인『물천집(勿川集)』17권 9책이 목판으로 간행되었다.

3. 면우(俛宇) 곽종석(郭鍾錫)

곽종석(1846~1919)은 자가 명원(鳴遠), 호가 면우(俛宇)・회와(晦窩)이며, 조선이 망한 뒤에는 도연명(陶淵明)과 김이상(金履祥, 송나라가 망하자 은거한 학자)의 절의를 본받겠다는 뜻으로 '도(鋾)'라는 이름과 '연길(淵吉)'이라는 자를 썼다. 관향은 현풍이며, 조선 헌종 12년(1846) 6월 24일에 경남 단성현 사월리(沙月里) 초포촌(草浦村)에서 태어났다.

총민한 자질을 타고나 5세에『십구사략(十九史略)』을, 6세에『사서(四書)』와『시경(詩經)』을, 7세에『서경(書經)』을, 14세에『예기(禮記)』를 읽고 대의를 파악했다. 19세(1864)에 증광문과 초시에 합격하고 이듬해에 서울에 가서 회시(會試)에 응시하였으나 낙방했다. 25세(1870) 겨울에 성주의 대포(大浦, 한개마을)로 가서 한주를 뵙고 가르침을 청했다. 이때 받은 가르침 가운데 의문점을 <지의록(贄疑錄)>으로 엮어 한주에게 올리자, 한주가 낱낱이 답변해주고 크게 칭찬했다. 돌아와서 배운 내용을 미루어 밝혀 <사단십정경위도(四端十情經緯圖)>와 <심동정도(心動靜圖)>, <인심도심도(人心道心圖)>, <심출입집설(心出入集說)>, <사칠잡기(四七雜記)> 등을 지었다. 이후 인근에 살던 동문의 허유・윤주하・이정모 등과 왕래하며 학문을 강마했다.

29세(1874)에 증광문과 초시에 응시했으나 과장의 불의한 일들을 보고 시권(試券)을 내지 않고 돌아온 뒤 과거에 대한 뜻을 버렸다. 32세에 여러 벗들과 스승을 모시고 지리산을 유람하였으며, 이듬해에는 선산과 안동 등지를 두루 다니며 견문을 넓혔다. 이때부터 '면우(俛宇)'라는 호를 쓰기 시작했다. 38세에는 금강산을 유람한 뒤 순흥으로 이거하였으며 이듬해에는 봉화의 춘양으로 다시 옮겼다. 41세(1886)에 스승 한주가 작고하자 소식을 늦게 듣고 달려가 상사를 주선했다. 면우가 스승에게 올린 만사 한 수를 소개한다.

崛起超陳迹	우뚝히 일어나사 묵은 자취 씻으시고
覃思發秘詮	깊이 숨은 저 진리를 사색하여 밝히셨네.
陶山單一旨	퇴계선생 전하오신 유일한 그 진리
湖老再三傳	대산선생 전해 받은 그 진리라네.
尊攘豈無術	존왕양이 바른 뜻을 글로 펼쳐 내시니
佚窮諒有緣	초야에서 곤궁하심 까닭이 있었다네.
孜孜開百世	부지런히 노력하사 후세를 여셨으니.
須信所能天	모름지기 하늘처럼 믿고 따르오리다.

이 만사의 말미에 주가 달려 있는데, 이에 따르면 면우는 이때 진성 이씨와 재혼하여 안동의 처가에 있었다. 한주가 10월 15일에 작고하고 거의 한 달이 지난 11월 10일에 면우는 꿈을 꾸었다. 한주가 평소처럼 치포관을 쓰고 심의를 입고 옥사자인(玉獅子印)을 들고 면우 앞을 지나갔다. 면우가 어디로 가시는지 여쭈자 도산서원을 배알하고 이제 금강산으로 간다고 대답했다. 놀라 깨니 꿈이었고 5일 뒤에 한주의 부고가 도착했다. 옥사자인은 원래 동강(東岡) 김우옹(金宇顒)의 종가에 전해오던 물건이었는데, 한주의 외종형인 김형직(金馨直)이 한주에게 준 것이다. 한주가 여기에 '조운헌도(祖雲憲陶)' 네 글자를 새기고 보배로 간직하여,

한주학파의 도통을 상징하는 물건이 되었다. 한주가 이 옥사자인을 들고 퇴계를 뵙고 나서 면우에게 온 것이다. 면우가 퇴계와 대산(大山) 이상정(李象靖)으로 전해진 유일한 진리를 한주가 밝혔다고 말하고 이 꿈을 적어둔 것은 한주가 밝힌 그 진리를 자신이 받았다고 생각한 때문인지도 모른다.

이후 향촌에서 향음주례를 행하거나 월강(月講)을 시행하는 등으로 유풍의 진작에 노력하고 있던 면우에게 비안현감의 벼슬이 내려왔다. 경상도 위무사(慰撫使) 이중하(李重夏)가 학행으로 천거한 결과인데 나가지 않았으니 49세 때의 일이다. 50세(1895)에 을미사변이 일어나자 이듬해에 강귀상(姜龜相)·윤주하(尹胄夏)·이승희·이두훈(李斗勳) 등 동문들과 상경하여 대궐문에 엎드려 통곡하고 열국공관에 일본을 규탄하는 포고문을 돌렸다. 이듬해에 거창의 다전(茶田)으로 거처를 옮겼다.

53세(1898) 2월에 임금이 불렀으나 상소를 올리고 나가지 않자, 임금이 다시 중추원 의관(議官)의 벼슬을 내렸으나 역시 나가지 않다. 57세에 6품으로 올라 참상관이 되었고, 57세(1903)에는 정3품 당상관인 통정대부(通政大夫)로 승자하여 비서원승(秘書院丞)에 임명되었다. 이 해 8월에 부르는 명을 받고 상경하여 임금을 독대하고 구국의 의견을 진달했다. 고종이 감복하여 의정부 참찬(議政府參贊)으로 벼슬을 올렸고 9월에는 홍문관 경연관 겸 시강원 서연관을 겸하게 했으나, 사직소를 올리고 귀향했다.

60세(1905)에 일본이 보호조약을 강요하자 상소를 올려 국체(國體)를 바로잡을 것을 청했다. 임금이 부르는 명을 받고 상경하는 도중에 늑약의 소식을 듣고, 적신(賊臣)을 주벌(誅罰)하고 천하의 공법(公法)에 호소할 것을 청하는 상소를 올렸다. 65세(1910)에 국망(國亡)의 소식을 듣고 통곡

한 뒤에 여러 날 동안 식음을 폐했다. 74세(1919)에 문인 김창숙(金昌淑)을 상해로 보내 유림대표 137인이 서명한 독립청원서를 파리강화회의에 발송하도록 했다. 이 일로 구속되어 2년 형을 선고받고 대구감옥에서 복역했다. 6월에 병보석으로 풀려났으나 여독으로 8월 24일에게 세상을 떠났다.

단성의 이동서당(尼東書堂), 거창의 다천서당(茶川書堂), 곡성(谷城)의 산앙재(山仰齋)가 그를 기념하여 세워졌으며, 1963년에 건국훈장 독립장이 추서되었다. 문인 하겸진(河謙鎭)이 행장을 짓고 문인 김황이 묘표(墓表)를 지었다. 하겸진은 행장에서, "선생은 하늘이 내신 분이다. 하늘이 장차 선생을 우리나라 500년 유학의 결국(結局)으로 삼고자 하고, 또 장차 선생을 우리 유학이 먼 후세에 반드시 회복되는 조짐으로 삼고자 한 것이니, 나는 이것으로 하늘이 사도(斯道)를 잊지 않은 뜻을 안다."고 하여 조선유학의 전통을 계승한 마지막 학자임을 명언하였다. 1925년에 『면우집(俛宇集)』이 납활자로 간행되었는데, 원집 165권 59책과 속집 12권 4책을 합하여 모두 177권 63책의 방대한 분량이다.

4. 교우(膠宇) 윤주하(尹冑夏)

윤주하(1846~1906)는 자가 충여(忠汝), 호가 교우(膠宇)이며, 관향은 파평이다. 거창군 남하면 양항리의 전촌(箭村, 살목)에서 문도(文道)의 아들로 태어나, 백부인 흠도(欽道)에게 양자로 들어갔다. 대대로 문학과 행의로 유림의 추중을 받던 집안이었는데, 임란 때 의병을 일으킨 영호(瀯湖) 윤경남(尹景男, 1556~1614)이 그의 9대조이다. 윤경남은 여러 고을의 현감을 지냈고, 대사헌에 추증되었다.

교우는 어려서부터 효성과 우애가 드러났으며, 재주가 민첩하여 5살에 『소학』을 모두 암송하였다. 18세에 『사서오경』과 제자백가의 글들을 두루 보고 대의를 파악했으며, 과거(科擧)의 문장을 익혀 기세가 웅건했으나 부친의 훈계를 듣고 그만두었다. 사미헌(四未軒) 장복추(張福樞, 1815~1900)에게 덕행을 실천하는 방도를 배우고, 성재(性齋) 허전(許傳, 1797~1886)에게 예학을 배웠으며, 한주의 문하에 들어가 성리학의 요결을 깨우쳤다. 그 밖에도 고헌(顧軒) 정래석(鄭來錫, 1808~1893), 이재(頤齋) 권연하(權璉夏, 1813~1896), 중암(重庵) 김평묵(金平默, 1819~1891), 서산(西山) 김흥락(金興洛, 1827~1899) 등에게 질정하며 견문을 넓혔다.

32세(1877)에 부친의 상을 당하였다. 상중에 여러 예서(禮書)들을 참고해, 관혼상제와 향음주례 등의 홀기와 축문을 고증한 <찬축고증(贊祝考證)>을 편찬하고, 성재 허전의 『사의(士儀)』를 요약한 『사의요변(士儀要辨)』을 저술했다.

36세(1881)에 한주를 모시고 안음(安陰)의 원학동(猿鶴洞)을 유람하고 동계(桐溪) 정온(鄭蘊)의 유촉지인 모리(某里)에서 유숙한 뒤, 갈천서당(葛川書堂)에서 향음주례를 거행했다. 39세(1884)에 안동으로 가서 도산서원을 배알하고, 검제의 서산 김흥락, 닭실의 이재 권연하, 소호리의 긍암(肯庵) 이돈우(李敦禹) 등을 두루 방문하여 질정했다. 다시 당시 태백산에 은거하고 있던 면우 곽종석을 찾아갔는데, 면우는 교우의 손을 잡고, "남방의 학문이 거의 끊어져 부탁할 곳이 없으니 그대는 힘쓰시라!"고 했다. 42세(1887)에는 금강산으로 가는 길에 영평(永平, 경기도 포천)에 있던 중암 김평묵을 방문했다. 화서(華西) 이항로(李恒老, 1792~1868)의 제자였던 중암은 교우의 주리설(主理說)을 듣고 깊이 찬동하였다.

49세(1894) 봄에 교우는 후산 허유 등과 함께 삼가의 병목서당에서 한주의 『이학종요』를 교정했다. 이 해에 갑오농민봉기와 청일 양군의 국내진입으로 정세가 위태로워지자, 사미헌 장복추, 대계 이승희, 홍와 이두훈 등이 소요를 피해 거창으로 들어왔다. 교우는 날마다 이들을 찾아가 토론하였고, 이듬해(1895)에는 동문들과 함께 원천정(原泉亭)에서 『한주집』을 교정하여 간행했다. 이 해 겨울에 조정에서 단발령을 내리자 격분하여 격문을 지어 동지들에게 보냈다.

1905년에 을사늑약의 소식을 듣고, "이는 천고에 없던 변고이다. 군부(君父)가 욕을 당하였는데 비록 포의라고 하더라도 달려가 위문하지 않을 수 없다." 하고는 즉시 상경하다가 도중에 병을 얻어 돌아왔다. 이듬해 12월 12일에 여러 제자들에게 학문에 힘쓸 것을 당부한 뒤, "내가 죽고 나면 면우와 대계가 반드시 올 것이다. 나를 예(禮)로써 보내도록 부탁하라."는 유언과 함께 생을 마감하니 61세였다.

교우는 평소에 거처할 때 심의를 입고 치포관을 쓰고 단정히 앉았다. 예에 맞지 않는 행동을 하지 않았고, 끼니를 잘 잇지 못했으나 늘 편안했다. 손에는 주자와 퇴계의 글이 늘 들려 있었고, 힘써 실천하고 탐구하여 피로한 줄을 몰랐다. 배움을 청하는 자가 있으면 기뻐하며 인도하기를 게을리하지 않았고, 벗들과 사귐에는 정직하고 신실하여 유익함이 많았다. 종족은 은혜와 의리로 대하였으며, 자애로움이 종들에게까지 미쳐 자식처럼 여겼다. 사람을 대할 때는 겸허하고 온화했으나, 의롭지 않은 일을 만나면 뜻을 굳게 지켜 흔들리지 않았다. 평생을 초야에서 늙어 군신간의 의리가 없었으나 나라를 걱정하고 시대를 아파하는 마음은 충심(衷心)에서 우러난 것이었다.

면우 곽종석은 광지(壙誌, 행적을 기록하여 무덤에 묻는 글)에서 교우의 일생을 다음과 같이 요약했다.

　　사람의 직분을 다하여 어린아이의 마음으로 지켰고, 만부(萬夫)를 상
　　대하는 용맹으로 처녀처럼 행동했다. 리(理)를 탐구함이 고명하여 한
　　터럭의 기(氣)도 어지럽히지 못했으며, 일을 다스림이 정밀하여 한 치
　　의 사사로움에도 이끌리지 않았다. 어두운 가운데서도 자신을 속임이
　　없었고, 곤궁하지만 하지 않은 일이 있었다. 이런 사람을 지금 세상에
　　서 구하더라도, 다시 교우선생 같은 분이 있으랴!

　회봉(晦峰) 하겸진(河謙鎭)이 행장을 지었고, 『교우집(膠宇集)』 20권 11책
이 목판으로 간행되었다.

5. 자동(紫東) 이정모(李正模)

　이정모(1846~1875)는 자가 성양(聖養), 호가 자동(紫東)이며, 관향은 고성(固
城)이다. 경남 의령의 석곡리(石谷里)에서 이운규(李雲逵)의 아들로 태어났
다. 재기가 출중하여 5세에 "학이 긴 하늘 밖에서 춤추고, 용이 큰 바
다에서 난다.[鶴舞長天外, 龍飛大海中]"라는 시구를 보고 몹시 기뻐했다고 한
다. 고모부인 만성(晩醒) 박치복(朴致馥)의 문하에서 공부하여 문장과 식견
을 넓히고, 21세에 한주의 문하에 입문하였다. 면우 곽종석은 자신이
스승 한주와 문답한 내용을 『지의록(贄疑錄)』이란 기록으로 묶어두었는
데, 자동은 이를 보고, "오늘에야 비로소 한주선생의 면목(面目)을 알게
되었다."고 하며 감탄했다. 부친의 명으로 29세에 김산(金山, 김천)에서

열린 동당시(東堂試)에 참가하였다. 시관이 그를 뽑으려고 인적사항을 미리 요구하자, "나를 드러내어 과거에 급제하는 것을 부끄럽게 여긴다." 하고는 돌아왔다. 이후 일체의 과거에 응시하지 않고 학문에 전념했다.

30세에 계모의 상을 당해 효성을 다하다가 병을 얻어 작고했다. 스승 한주는 제자의 요절을 안타까워하며 8수의 만시(輓詩)를 지어 애도하였는데, 그 가운데 자동의 고고한 인품을 난초에 비유한 한 수를 소개한다.

有蘭生幽谷,	그윽한 골짜기에 난초가 있어,
秋天噴初馥.	가을이면 향기를 뿜어내었네.
援琴賡魯操,	거문고 당겨 노나라 노래 연주하는,
紉佩姱屈服.	굴원(屈原)의 의복을 장식하였네.
不患採無人,	캘 사람 없음을 걱정하지 않았거니,
但冀英華郁.	꽃잎이 무성하길 바랄 뿐이었네.
嚴霜一夕遘,	하룻저녁 모진 서리 다가오더니,
鞅摧委荒麓.	줄기가 꺾여져 산기슭에 버려졌네.
芳根縱埋沒,	향기로운 뿌리가 설령 땅에 묻혀도,
卉譜軼芝菊.	꽃 이름 사이에서 지초 국화 능가하리.
擁腫得天年,	옹이 생겨 뒤틀어져 천수를 누리는,
寧可羨散木.	쓸모없는 저 나무를 어찌 부러워하랴!

짧은 생애에서도 자동은 다수의 글을 남겨, 『자동집(紫東集)』 6권3책이 남아 있다. 후산(后山) 허유(許愈)가 행장을 짓고, 만구(晩求) 이종기(李種杞)가 묘갈명을 지었다. 면우(俛宇) 곽종석(郭鍾錫)이 묘지명을 짓고, 대계(大溪) 이승희(李承熙)는 문집의 서문을 썼다.

6. 대계(大溪) 이승희(李承熙)

이승희(1847~1916)는 한주의 외아들이다. 자가 계도(啓道)이고 호는 대계 (大溪)인데, 젊어서는 강재(剛齋)라는 호를 썼고 중국에 망명하여서는 한계 (韓溪)로 호하였다. 모친 흥양이씨가 큰 별이 품 안으로 들어오는 꿈을 꾸고 태교를 정결히 실천하여 낳았다. 5세에 배움을 시작하여 매일 백 줄씩 글을 배워 10세가 되자 여러 책들에 두루 통하였다. 부친 한주와 한 방에 거처하며 자주 논변하였는데, 아들의 훌륭한 견해는 아버지가 받아들이고, 아버지의 의견일지라도 아들이 구차하게 동의하지 않으니 사람들이 송나라의 채원정(蔡元定), 채침(蔡沈) 부자(父子)를 다시 본다고 하였다.

1867년에 흥선대원군에게 글을 올려, 임금이 성군의 덕을 기르시도록 도울 것을 청하고, 아울러 성학(聖學), 호적(戶籍), 전제(田制), 선거(選擧), 제병(制兵) 등 다섯 조목을 아뢰었다. 1873년에 '학문이 뛰어나고 국가를 경영할 인재'로 추천되어 원구단사직서참봉, 장릉참봉, 조경묘참봉 등의 벼슬이 주어졌으나 끝내 나가지 않았다. 1895년에 을미사변이 일어나고 단발령이 내리자 일본을 규탄하는 포고문을 작성하여 각국 공관에 보냈고, 1905년에 을사늑약이 체결되자 소수(疏首)가 되어 유생들과 함께 서울에 올라가 늑약을 파기하고 오적(五賊)을 목 벨 것을 상소하였다. 대구경무서에 체포되어 협박을 받았으나 "선비는 죽일 수는 있어도 욕보일 수는 없다."라고 꾸짖으며 굴하지 않았다. 1907년에 국채보상운동이 일어나자 성주군단연상채회(星州郡斷煙償債會) 회장으로 추대되었다.

1908년에 문인 김창숙(金昌淑, 1879~1962) 등을 불러 뒷일을 부탁하고

블라디보스톡으로 망명하였다. 만주의 밀산부에 황무지를 개간하여 학교를 세우고, 심양을 거쳐 북경에 이르러 중국의 명사들과 공교사(孔敎社)에 모여 회규를 논의하고 학술을 강론하였다. 곡부로 가서 공자의 사당을 알현하고 부친의 유집을 소장토록 하였으며, 주공과 공자, 안자, 자사의 묘에 제사를 드리고 글을 지어 뜻을 고하였다.

성주 지방지인 『성산지(星山誌)』는 그를 묘사하여, "세상에 드문 영특한 자질로 법도 있는 집안에 태어나 거경궁리(居敬窮理)의 공부에 힘써, 성인의 경지도 배워서 도달할 수 있고, 천하를 위한 일도 못할 것이 없다고 여겼다. 집안에 거처할 때는 효도를 다하였고, 나라를 걱정함에는 해를 뚫는 충성을 간직하였으며, 세상을 구제함에는 도가 행해지지 않음을 우려하는 회포를 품었다. 실천한 바는 모두 빛나고 바르며 곧아서, 하늘에 있는 해를 보듯이 환하였으며, 용과 범의 용맹처럼 위엄이 있었고, 기린과 봉황의 상서로움처럼 세상을 격동시켰다."라고 하였다. 일찍이 말하기를 "나는 나라가 광복이 되어야 돌아갈 것이다. 그렇지 않으면 너희들이 나의 시신을 모셔갈 수는 있겠지만 나의 혼은 돌아가지 않겠다." 하였다.

1916년 2월 27일에 봉천에서 작고하자 선비들이 의논하여 고향 산에 운구해 와 장사지내니 이때 모인 자들이 4,000여 인이었다. 동문인 장석영(張錫英)이 행장을 짓고, 문인 김창숙(金昌淑)이 묘지명을 지었으며, 아들 이기원(李基元)이 연보를 엮었다. 심산(心山) 김창숙은 묘지명에서, 대계가 스스로 지어 평생의 지침으로 삼았던 오강(五綱)을 다음과 같이 부연하였다.

爲天地立心　　　천지를 위해 마음을 세우심은

志之弘也	뜻의 넓음이요
爲父母立身	부모를 위해 몸을 세우심은
行之隆也	실천의 우뚝함이요.
爲吾生立道	내 생애를 위해 도를 세우심은
學之崇也	학문의 높음이요.
爲斯民立極	백성을 위해 준칙을 세우심은
德之中也	중용의 덕이요.
爲萬世立範	만세를 위해 모범을 세우심은
業之洪也	사업의 위대함이라네.
人心不泯	사람의 마음은 사라지지 않고
天理不窮	하늘의 이치는 영원하리니
與之同存	이와 더불어 길이 남을 것은
先生之功	선생이 이룩하신 일들이라네.

대계는 아버지의 업적을 드러낸 훌륭한 아들이었고, 아버지를 계승하여 우뚝한 학문을 이룬 큰 학자였다. 유학이 쇠미해가던 시절에 공자의 깃발을 높이 내건 사상가였으며, 조국광복을 위해 마음과 몸을 다 바친 독립운동가였다. 저술로는 42권 20책의 『대계집(大溪集)』과 『곡례내칙장구(曲禮內則章句)』·『예운집전(禮運集傳)』·『가범(家範)』·『여범(女範)』 등이 있다. 건국훈장 대통령장이 추서되었고, 국사편찬위원회에서는 그의 저술과 그를 애도한 문건 등을 망라하여 『한계유고(韓溪遺稿)』를 간행했다.

7. 회당(晦堂) 장석영(張錫英)

장석영(1851~1926)은 자가 순화(舜華), 호는 추관(秋觀)·회당(晦堂)이며 관향은 인동(仁同)이다. 여헌(旅軒) 장현광(張顯光)의 후손이며, 형조참판을 지낸 장시표(張時杓)의 아들로 경북 칠곡의 녹리(甪里)에서 태어났다. 회당은 28세(1878)에 한주의 문하에 들어가 천인이기(天人理氣)의 학설을 듣고 주리(主理)의 종지를 확립했다. 스승의 심즉리설(心卽理說)을 굳게 믿어 기호학파의 심즉기설(心卽氣說)을 비판하였다.

> 대저 기호의 학설들은 곡절이 매우 많지만 대략 간추려 말하면 여섯 가지이니 첫째가 심즉기(心卽氣)이다. …… 지금 허령지각(虛靈知覺)을 기(氣)라고 하고 신명불측(神明不測)도 기라고 하여 리(理)가 주재진체(主宰眞體)와 상관이 없게 되면, 기가 대본(大本)이 되고 리는 죽은 물건이 되어버리니 졸병을 장수라고 하고 신하를 임금이라고 하여 이름이 어그러지고 본말이 어지럽게 된다. 어찌 그럴 수 있겠는가! <湖洛說辨>

30세(1880)에 북청부사로 부임한 부친을 보좌하여 문풍을 진작시키고 <북정록(北征錄)>을 지어 산천과 풍속을 기록했다. 32세에는 평안도 자산으로 유배 가는 부친을 배행하여 『예기』를 읽고 <예기차의(禮記箚疑)>를 지었다. 36세(1886)에 스승 한주가 작고하자 장례를 주선했다. 이때 올린 제문의 일부를 소개한다.

有儼皋比	의연하신 스승 자리
師道尊嚴	사도가 높았다네.
後生蓍龜	후생에게 길 인도해

吾道指南	우리 유학 전하셨네.
一存一亡	계시고 돌아가심
斯世重輕	이 세상의 기준인데
曷不百年	백년도 안 되어서
大命以傾	어찌 이리 가셨을까!
天喪斯文	하늘이 사문을 버리고자 하시어
不我憖遺	우리 위해 억지로라도 남겨두지 않는구나!

회당의 스승에 대한 인식이 읽히는 제문이다. 한주의 생사에 따라 세상의 경중이 달라진다는 표현이나 하늘이 사문을 버렸다는 표현은 보통의 스승에게 하는 말이 아니다. 특히 '천상사문(天喪斯文)'은 공자가 안연이 죽었을 때 탄식한 말이고, '불아은유(不我憖遺)'는 노나라 애공(哀公)이 공자가 죽었을 때 한 말이니, 회당에게 한주는 안자이고 공자였던 것이다.

41세(1891)에 『사례절요(四禮節要)』를 탈고하였는데, 이후 여러 차례 수정하여 45세에 16편으로 완성한다. 49세에는 한주의 『사례집요(四禮輯要)』 교정과 조식의 『남명집(南冥集)』 교정에 참여했고, 51세에는 김우옹의 『동강집(東岡集)』 교정과 장복추의 『사미헌집(四未軒集)』 교정에 참여했다. 53세에 『의례집전(儀禮集傳)』을 저술하고, 54세에는 곽종석, 이승희 등과 합천의 소학당(小學堂)에 모여 한훤당 김굉필을 위한 유계(儒契)를 창설하고 사상견례(士相見禮)를 거행했다.

55세(1905)에 을사늑약이 체결되자 이승희, 이두훈 등과 영남 유생 삼백여 명을 규합하여 조약 파기와 을사오적의 처단을 요구하는 <청참오적소(請斬五賊疏)>를 올렸고, 57세에는 대구에서 국채보상운동이 일어나 전국으로 파급될 때 칠곡 지역의 회장으로 추대되었으나 병으로 가지 못했다. 60세(1910)에 경술국치를 당하자 일본의 은사금(恩賜金)을 거부하며 <자정록(自靖錄)>을 지었다.

62세(1912)에 만주로 가서 이승희와 연명으로 대총통(大總統) 원세개(袁世凱)와 동삼성(東三省) 총독 조이손(趙爾巽)에게 글을 보내 조선의 독립을 역설했다. 만주에 5개월 동안 있으면서 해외 독립기지 건설 운동과 이주 개척지 교포들의 생활상을 두루 보고 돌아와 <요좌기행문(遼左紀行文)>을 지었다. 69세(1919)에 3・1운동이 일어난 직후 곽종석, 김창숙(金昌淑) 등과 협의하여 파리만국회의에 보낼 독립청원서 초안을 작성했는데, 이 일로 대구지방재판소에서 징역 2년형을 선고받고 6개월을 복역했다. 75세 때 제2차 유림단운동이 있자 영남지역의 대표로 활동하다가 이듬해 6월 8일에 76세(1926)를 일기로 작고했다. 특히 예학에 밝았고 많은 제자를 길러, 수백 인이 요질(腰絰)을 두르고 장례를 주선했다.

기상이 우뚝하고 문장이 수려하였으며 망국의 시기에 유학의 전통을 오롯이 간직한 학자였다. 하겸진(河謙鎭)은 묘갈명에서 "아는 사람들은 인재를 길러낸 큰 스승이라고 할 것이고, 모르는 사람들은 비분강개하여 산수간을 방황하는 유랑객이라고 할 것이다. 남기신 글을 살펴보면 도(道)를 지켜 사(邪)를 물리치고 견해를 밝혀 후학을 인도하였으니, 자기를 알아줄 후인을 기다린 소강절(邵康節) 같은 분인가!"라고 하였다. 마산의 관해정(觀海亭)과 현풍의 도동서원, 경주의 옥산서원, 안동의 도산서원과 고산서원, 거창의 모리재(某里齋), 의령의 미연서원 등의 원장을 역임하며 유풍을 진작시켰다.

문인이자 아들인 장우원(張右遠)이 가장(家狀)을 짓고, 면우의 문인인 하겸진(河謙鎭)이 묘갈명을 지었다. 목판본 『회당집(晦堂集)』 45권 22책과 목활자본 『의례집전(儀禮集傳)』 17권 1책이 간행되었다.

8. 홍와(弘窩) 이두훈(李斗勳)

이두훈(1856~1918)의 자는 대형(大衡)이고 호는 홍와(弘窩)이며 관향은 성
산이다. 그의 집안은 명문세족이라고 할 수는 없으나 성산이씨 대종가
의 세거지였던 고령의 관동(館洞)에서 학문과 절의를 대대로 이어오던
고령의 대표적 사족집안이었다.

홍와는 1856년에 칠곡의 상지촌(上枝村, 웃갓) 외가에서 태어났다. 어려
서부터 행의와 재기가 출중하여 부친의 기대가 컸다. 성재(惺齋) 김희진
(金希鎭), 계당(溪堂) 류주목(柳疇睦) 등에게 배우고 19세에 한주의 문하로 나
아갔다. 25세에 경시(京試)에 나가 입격하였으나 돌아올 동안에 모친이
작고하여 임종을 못한 것을 평생의 한으로 여겼다. 27세에 부친마저
작고하자, 과거 때문에 천지간의 죄인이 되었는데 이제 양친이 모두
돌아가셨으니 영광을 바칠 곳이 없다는 이유로 일체 과거에 나가지 않
았다.

31세에 스승 한주가 별세하자, 달려가 상사를 주선하고 심상(心喪)을
입었다. "가르쳐주신 은혜가 낳아주신 은혜와 같아, 하늘같은 그 은혜
끝이 없어라!"라는 만사로 심정을 표현했다. 37세 되던 해에는 거처를
고령현청의 북쪽 봉동(鳳東)으로 옮겼으며 2년 뒤인 1894년에는 동학군
의 소요를 피해 경남 거창으로 이주하였다. 당시 거창에는 곽종석을
비롯한 한주의 문인들이 많았다. 홍와는 이곳에 살면서 동문들과 함께
『한주집(寒洲集)』 초간본 25책을 교감하여 간행했다. 40세에 다시 고향

으로 돌아왔는데 이 해에 을미사변이 일어나고 단발령이 내렸다. 이듬
해 1896년, 41세의 홍와는 동문인 곽종석·이승희·윤주하·강귀상(姜
龜相) 등과 함께 상경하여 대궐문에 나아가 을미사변을 성토하고 단발
령의 철회를 요구하는 상소를 올렸으나 수령이 거부되었다. 부득이 각
국공관에 일본을 규탄하는 포고문을 돌리고 귀향했다. 이듬해부터 고
령의 내산에 내산서당(乃山書堂)을 짓고 은거하며 후학을 가르쳤다. 상주
하며 배우는 자들이 수십 명이었다.

　1902년 5월에 스승 한주의 학설을 이단으로 규정한 통문이 홍이상
(洪履祥)을 향사하는 충주 하강단소(荷江壇所)의 명의로 성균관을 비롯한 전
국 유림에 발송되었다. 한주의 문인들은 급히 모여 대책을 논의하고
홍와를 파견하여 실상을 알아보도록 했다. 홍와는 한주의 문집을 들고
성균관에 가서 교수 및 재생들과의 대질을 통해 변무하고, 다시 하강
에 가서 단소(壇所)가 없음과 공사원(公事員)들의 이름이 모록되었음을 확
인하였다. 그 뒤 하강의 공사원들은 자신들의 이름이 모록투명(冒錄偸名)
되었음을 확인하는 변명서(辨明書)를 보내왔으며, 성균관에서도 변명서를
발송했다. 사안 자체가 조작된 것이기도 하지만 홍와의 변무가 크게
작용하였다.

　그러나 이 일을 주도하였던 인물들은 안동 도산서원(陶山書院)의 통문
과 상주 도남서원(道南書院)의 통문을 내어 상주향교에서 유림 도회(道會)
를 개최하고『한주집』1질을 불태운다. 동시에 한주의 문인들도 시의
(時議)의 배척을 받게 되는데 특히 성균관과 하강에서 변무한 홍와에 대
한 배척이 심하였다. 홍와는 주자가 만년의 위학당금(僞學黨禁) 시기에 침
묵으로 일관한 예에 따라 내산서당에 은거하며 후진 양성에 전념했다.
50세에 을사늑약의 소식을 듣고 동지들과 상경해 복궐상소(伏闕上疏)하였

으나 조정의 대답이 없자 통곡하고 돌아왔다. 52세에 국채보상운동이
일어나자 고령군단연상채회(高靈郡斷煙償債會) 회장으로 추대되었다.

　1910년 7월 25일에 일본이 조선을 강제로 병합하자 홍와는 다음과
같은 시를 짓는다.

俄然如醉忽如狂　　갑자기 취한 듯, 문득 미친 듯.

借問如何醉且狂　　묻노니 어이하여 취하고 미치는가.

欲辨忘言良久立　　할 말 잊고 우두커니 서 있노라니,

無寧眞醉又眞狂　　차라리 진정으로 취하고 미쳤으면.

　울분을 참을 길이 없었던 홍와는 만주에 가 있던 이승희를 따라 망
명할 결심을 한다. 1914년에 만주의 봉천으로 그를 방문하여 현지 상
황을 살피고 돌아온 뒤, 제자인 황학래(黃鶴來)를 보내 농지를 구입하게
하고 장차 전 가족이 이주할 구상을 하였다. 그러나 1916년 이승희가
봉천에서 작고하자 달려가 통곡하고 돌아온 뒤 뜻을 접는다. 내산서당
에서 저술과 교육에 종사하다가 1918년 63세로 작고했다. 장지에 모인
자가 7백여 명이었다.

　홍와는 만년에 집안과 지역사회의 지도자적 위치에서 국망의 즈음에
유풍을 진작하는 일에 종사하였다. 집안에서는 종계(宗契)를 구성하여
유가적 가치에 기반한 결속을 다졌으며, 지역사회에서는 향약을 만들
어 시행하고 종산재(鍾山齋)와 도연재(道淵齋)에서 유계(儒契)를 결성하여 고
령 유림의 중심인물로 활동하였다. 홍와에게는 전통을 고수하는 성실
한 학자로서의 면모가 여실하지만, 이러한 활동들로 미루어보면 경세
가(經世家)로서의 역량 역시 탁월했던 듯하다. 2015년에 건국포장이 추서

되었다. 회당 장석영이 행장을 짓고, 회봉 하겸진이 묘갈명을 지었으며, 문집인 『홍와집(弘窩集)』이 1928년에 석인본 13권 7책으로 간행되었다.

부록

한주이선생 행장寒洲李先生行狀

면우(俛宇) 곽종석(郭鍾錫) 지음
이세동 옮김

선생의 휘는 진상(震相)이고 자는 여뢰(汝雷)이며 성은 이씨이다. 시조는 능일(能一)인데 고려 태조를 도와 견훤을 토벌하여 개성의 종에 그 공을 새겼다. 벼슬이 대광(大匡) 사공(司空)이며 성산(星山)을 식읍으로 받아 대대로 관향을 삼았다. 그 뒤에 태보(太保)를 지낸 정신(正臣), 대경(大卿)을 지낸 견수(堅守), 찬성(贊成)을 지낸 우당(宇唐), 전공판서(典工判書)를 지낸 익손(益孫), 예의판서(禮儀判書)를 지낸 배(培), 소윤(少尹)을 지낸 문광(文廣)이 있어 아름다움을 잇고 훈업을 계승하여 드디어 드러난 성이 되었다. 소윤의 아들 여량(汝良)은 고려말에 좌정언(左正言)이 되어 왕의 놀음이 법도가 없음을 간하고는 초야에 물러나 농사를 지었는데, 우리 조선이 일어나자 절개를 지키다가 죽었다. 그 아들 우(友)는 진주목사를 지냈으며, 그의 6대손 정현(廷賢)은 문과에 급제하고 정자(正字) 벼슬을 지냈는데 호는 월봉(月峯)이다. 문목공(文穆公) 한강(寒岡) 정구(鄭逑) 선생을 사사하며 위기지학(爲己之學)을 익혔으나 불행하게도 일찍 세상을 떠났다.

그의 증손은 훈련원주부를 지내고 참판에 증직된 석문(碩文)인데 도량이 넓고 컸으며 기상과 절개가 있었다. 영조 임오년(1762)에 선전관으로서 사도세자의 참변에 간하는 신하들을 이끌고 전각의 문을 밀치고 들어가 항의하였다. 그의 맏아들 민겸(敏謙)은 판서에 증직되었고, 둘째아들 민검(敏儉)은 승지에 증직되었는데 사복시정(司僕寺正)에 증직된 중부 석유(碩儒)의 양자로 들어갔다. 민검은 또 민겸의 아들인 형진(亨鎭)을 양자로 들였는데 성균생원으로 참판에 증직되었다. 호는 함청헌(涵淸軒)이며 입재(立齋) 정종로(鄭宗魯) 선생의 문하에서 배웠다. 이 분이 아들 둘을 두었는데 맏이인 원호(源祜)는 진사이며 호가 한고(寒皐)이니 바로 문과에 급제하여 판서를 지낸 정헌공(定憲公) 응와(凝窩) 이원조(李源祚) 선생의 형이다. 문사가 깊고도 넓었고 회포가 거리낌이 없었으며 사람을 사랑하고 베풀기를 좋아하여 고을에서 장자(長者)로 추대하였으니 선생의 부친이다. 모친은 풍산류씨이니 문충공(文忠公) 서애(西厓) 류성룡(柳成龍) 선생의 후손인 선비 류응조(柳應祚)의 따님이며, 또 한 분은 의성김씨로 문정공(文貞公) 동강(東岡) 김우옹(金宇顒) 선생의 후손인 선비 김종옥(金宗沃)의 따님이다. 바르고 엄숙하며 곧고 고요하여 규방의 법도를 잘 갖춘 분이었다.

순조 18년 무인년(1818) 7월 29일 미시에 선생이 성주의 대포리(한개마을) 세거하던 집에서 태어났다. 김부인께서 일찍이 꿈속에서 한 물건이 큰 물결 가운데서 솟아오르는 것을 보았는데, 말의 몸에 용의 문채가 있었으며 등에는 별의 무늬가 있었다. 그 곁에 있던 노인이 이것을 가리키며, "이것은 너희 집 물건이다." 하였다. 해산할 즈음에 그 노인이 다시 꿈속에 나타나 붉은 붓과 흰 붓 두 자루를 주면서, "잘 간수하라.

뒷날 반드시 쓸 사람이 있을 것이다." 하였다. 선생은 태어나면서부터 용모가 빼어났다. 머리가 크고 솟았으며, 이마는 높고 맑았고, 가늘고 긴 눈매가 환하였으니 사람들이 모두 기이하게 여겼다. 젖먹이 시절에 병이 많아 거의 구할 수 없는 지경에 이르렀는데, 관상을 보는 사람이 와서 한참을 살피고는, "이는 대인(大人)이니 걱정하지 마십시오."라고 했다. 겨우 말을 할 즈음에 마땅히 해야 할 일과 하지 않아야 할 일을 보면, "도리가 이와 같다.", "도리가 이와 같지 않다."라고 하니 참판공(조부 형진)이 매번 칭찬하였다.

7세에 증선지(曾先之)의 『십팔사략(十八史略)』을 배웠는데, "인황씨 뒤에 유소씨가 있었다.[人皇氏以後有日有巢氏]"라는 구절에 이르러, "만약 뜻으로 본다면 단지 인황씨후유유소씨(人皇氏後有有巢氏)라고 하면 될 것이니 이(以)자와 왈(日)자는 필요 없이 덧붙여진 것이 아닙니까?"라고 물었다. 한고공이 웃으며, "문법에는 허와 실이 있으니 간혹 글자를 덧붙이는 곳이 있다." 하자, "그렇다면 어찌 사략(史略 : 간략한 역사라면 군더더기 말이 없어야 한다는 뜻)이라고 하였습니까?" 하였다. 한고공이 대꾸하지 않았으나 마음속으로 기특하게 여겼다. 대저 한평생 올바르게 리(理)를 위주로 하여 한 가지 일도 가벼이 벗어나지 않았으며, 정밀하게 리를 분석하여 한 글자도 놓치지 않았으니, 그 단서가 이미 이 일에서 드러났다.

8세 이후로 문리가 갑자기 진보하여 책을 탐독함에 침식을 잊을 지경에 이르렀다. 13,4세에 이미 여러 경전들에 널리 통하고 백가(百家)의 글을 두루 보아 생각이 날로 깊어지고 아름다운 소문이 날로 퍼졌다. 금서(錦西) 박광보(朴光輔) 공은 참판공과 벗으로 잘 지냈다. 그는 선생을 보고 큰 그릇으로 여겨 손서로 삼았는데, 선생이 처가에 머무를 때 경전의 어려운 뜻을 물어 시험해보고는 일찍이 칭찬하지 않은 적이 없었다. 15세에 『서경』의 「기삼백장(朞三百章)」의 도수를 추산하여, 전인들의 방법을 보지 않고 손가는 대로 셈을 펼쳐 조금도 어긋나지 않았다. 정헌(定軒) 이종상(李鍾祥) 공이 그 설을 보고, "천하에는 참된 인재가 있을 뿐 참된 법식이 없다는 것을 비로소 알았다."라고 했다. 또 창의적으로 오행(五行)과 오운(五運)의 상호 변화를 추산하여 625책(策)을 만들고 『주역』의 효사(爻辭)를 모방하여 해설하는 말을 붙이고 홍범책(洪範策)이라 이름했다. 이를 사용하여 점을 치면 자못 기이한 효험이 있었으나 조금 뒤, "천기를 어지럽히는 것은 힘쓸 일이 아니다." 하고는 일삼지 않았다. 대체로 선생은 이때 스스로 재능을 크게 연마하여 경사(經史)와 정치, 문장과 제도로부터 성력(星曆)과 산수, 의술과 점복에 이르기까지 깊이 연구하고 널리 통하여 각각 지극한 경지에 이르지 않음이 없었으니, 우주를 경륜할 뜻이 있었던 것이다.

정헌공께서 일찍이 훈계하기를, "선비가 되어 의리의 본령을 알지 못한다면 선비의 이름을 저버리는 것이다. 너는 이치를 궁구하는 재능이 뛰어난데 어찌 성리의 학문에 전력하지 않는가!" 하였다. 선생께서 놀라 깨달아 급하지 않은 일은 모두 폐하고 발분하여 마음을 바로하고 도를 밝히는 일을 자임하였다. 비로소 『성리대전(性理大全)』을 취하여 이른 아침부터 밤늦도록 반복체인하기를 쉬지 않았다. 그 처음에 '사람과 만물의 성(性)이 같고 다름[人物性同異]'을 분변하기 어려워 고생했는데, 먼저 두 가지 견해를 구분하여 초록한 뒤 여러 학자들의 문집을 낱낱이 참고하여 수정했다. 선유들의 초년 견해와 만년 견해가 다른 것과, 사람과 만물이 많이 받고 적게 받은 차이의 여부를 살피고, 만물은 부분만 갖추고 있고 사람은 전체를 갖추고 있다는 견해의 결과와, 리(理)와 기(氣)를 나누어 볼 때와 합하여 볼 때의 결과를 연구하였다. 이렇게 하기를 오래도록 하여 일치되는 결론에 도달한 뒤, 드디어 경전의 이론으로 절충하여 근본으로 삼고 심법(心法)으로 재단하니 얼음이 녹듯 의문이 풀려 걸리는 바가 없게 되었다.

헌종 원년 을미년(1835)에 18세의 선생은 <성명도설(性命圖說)>을 지었는데 그 대략은, '명(命)은 리(理)가 부여하는 것이고 성(性)은 명에게 받은 것이며 정(情)은 성이 드러난 것이고 마음은 성과 정을 총괄하여 이름붙인 것'이라는 내용이다. 이 그림은 기(氣)를 섞지 않고 한결같이 리(理)를 말하였는데, 성(性)은 바로 『중용』에서 자사(子思)가 말한 '큰 근본[大本]'이고, 정(情)은 '어디에서나 통용되는 도[達道]'이며, 심(心)은 바로 맹자(孟子)가 말한 '양심(良心)'이다. 대개 선생의 심즉리(心卽理) 학설은 이미 이로부터 일찌감치 드러났으니, 만년의 이론과 안과 밖이 융합하고, 정밀함과 조잡함을 관통하였다. 심즉리의 학설은 크고도 정밀함을 극진히 하고 순수하여 털끝만큼의 잡됨조차 없으니, 요약하면 <성명도설>의 범위를 벗어나지 않으면서도 더욱 넉넉해진 것이다.

20세 되던 정유년(1837)에 도산서원을 알묘하고는 개연히 퇴계선생을 사숙(私淑)하려는 뜻이 있었다. 수정재(壽靜齋) 류정문(柳鼎文) 공을 안동의 박실[瓢谷]로 방문하여 천지가 닫히고 열리는 도수를 논하였는데 류공이 깊이 인정하였다. 무술년(1838)에 유하(柳下) 정삼석(鄭三錫), 사미헌(四未軒) 장복추(張福樞), 종형인 참봉 이정상(李鼎相) 등과 함께 감응암(感應菴)에서 책을 읽었는데 독실히 노력하며 서로 진보하기를 격려했다. 기해년(1839)에 <성학도(性學圖)>와 <인도(仁圖)>를 지었다. 대략 본연지성(本然之性)과 기질지성(氣質之性)을 나누고 본연지성을 기르고 기질지성을 바로잡는 공부와 효과를 구분하여 성현들이 성(性)을 말씀하신 취지를 밝혔으며, 앎[知]과 실천[行]을 나누고 인(仁)을 추구하는 일과 인을 실천하는 일을 구분하여 인의 대체(大體)를 밝혔으니, 대개 임은(林隱) 정복심(程復心)의 <심학도(心學圖)>를 모방하였으되 뜻이 정밀한 것은 간혹 더 훌륭했다.

경자년(1840)에 정헌공을 강릉의 임지로 문안하고 관동의 명승지를 두루 본 뒤, 단양으로 가서 구담(龜潭)과 도담(島潭)의 빼어난 경치를 감상하였다. 이 해에 <심경도설(心經圖說)>을 짓고 다시 <야기잠(夜氣箴)>과 <명성잠(明誠箴)>을 지어 스스로를 반성했다. <야기잠>은 또 배열하여 그림으로 만들었는데 대강의 내용은, 천명과 인심·양심의 큰 근본을 줄기로 심아, 성헌은 이를 길러 기(氣)를 통세하고 보통사람은 이를 속박하여 기가 날뛰게 하는 것을 두 갈래로 나누고, 항상 유념하고[克念] 항상 공경하여[克敬] 성인에게 귀결되는 뜻으로 끝맺었다. 아침저녁 밤낮으로 기르고 속박하는 기미를 분명하게 살피고 밝게 드러냄으로써, 남당(南塘) 진백(陳柏)의 <숙흥야매잠(夙興夜寐箴)>과 더불어 표리가 될 만하니, 선생 일생의 존양성찰(存養省察)과 진덕불해(進德不懈)의 공부가 이것을 기초로 삼았던 것이다.

또 <이단설(異端說)>을 지어 주기(主氣)의 그릇됨을 통렬히 분석했는데 그 대략은 다음과 같다. "이단의 이론이 백천 갈래이지만 그 처음은 모두 기를 인정하는 것[認氣]으로 말미암고 그 끝은 모두 주기(主氣)로 귀결된다. 저들은 단지 이 기가 움직이고 흘러 다니는 것만 보고 이 리(理)가 뿌리와 중심이 됨을 깨닫지 못한다. 기가 위축되는 것을 보면 감정을 없애려 하고, 기가 무궁한 것을 보고는 천지를 변화시킨다고 한다. 기가 때때로 다하는 것을 보면 정신을 닫으려 하고, 기를 누를 수 없는 것을 보고 방탕하여 스스로 함부로 군다. 도가의 수양과 불가의 인과(因果), 장자(莊子)·열자(列子)의 허탄함과 신불해(申不害)·한비자(韓非子)의 각박함이 분분히 섞여 나와 유교를 선동하고 어지럽혔다. 특히 이름은 유교이면서 심성(心性)을 잘못 인식하고 리기(理氣)를 거꾸로 보는 것이 가장 심각한 병통이다. 예컨대 고자(告子)가 생(生)을 성으로 여긴 것이나 순자(荀子)가 선(善)을 거짓으로 여긴 것이나 양웅(揚雄)이 선악을 혼동한 것 등이 모두 주기(主氣)의 빌미가 되었다.”라고 하였다. 모두 말씀한 것이 수백 자이니 제가의 잘못을 지적하고 그 그릇됨을 통찰하여 조금도 남겨둠이 없었다. 선생이 고심하고 밝게 분변하여 바른 길을 위해 잡초를 제거한 그 대강의 요점을 여기에서 볼 수 있다.

갑진년(1844)에 안의(安義)에서 치른 증광문과 초시에 응시하여 <공부책(貢賦策)>을 제출하였다. 시험관이 무릎을 치면서 “이 사람은 세상을 경륜하고 백성을 구제할 인재이다.”라고 말하고는 장원으로 뽑았다. 을사년(1845)에 <심성정설(心性情說)>을 지었다. “성(性)은 기질을 떠날 수 없지만 오로지 성이라는 이름만 가지고 말하자면 리일 뿐이고, 심(心)은 반드시 형체가 있지만 오로지 마음의 주재하는 기능을 가지고 말하자면 리일 뿐이며, 정(情)은 기가 작용하여 생겨나지만 오로지 그 뿌리만 가지고 말하자면 또한 리일 뿐이니, 성이 리와 다르지 않고 심이 리와 다르지 않으며 정이 또 다른 리에서 나오는 것이 아니다.”라고 주장했다.

병오년(1846)에 정헌공을 모시고 임지인 자산(慈山)으로 갔다. 당시 정헌공은 학교를 일으키고 문덕(文德)의 교화를 숭상하는 다스림을 펼쳤는데, 선생이 곁에서 주선하고 도와서 이룬 것이 많았다. 평양의 연광정과 부벽루 등 여러 명승지를 두루 보았으며 기자(箕子)의 사당을 배알하고 기자의 정전(井田)을 살펴보았다.

기유년(1849)에 경의(經義)로써 증광생원시에 급제하였는데 시험관이었던 판서 서기순(徐箕淳)이 물러나와 다른 사람에게 선생의 시권을 외워

들려주니 사방에 전해져 암송되었다.

철종 원년 경술년(1850)에 증광문과 초시에 장원한 이력으로 예조의 회시에 응시하였다. 당시 정헌공이 경주부윤이었는데 암행어사가 사사로운 원한으로 무고하여 사실조사를 받게 되자 시권을 제출하지 않고 돌아왔다. 시험관이던 상국 조두순(趙斗淳)은 평소 선생의 이름을 듣고 장차 찾아서 높은 등급으로 뽑고자 하여 사람을 보내 이르기를, "며칠만 머무르다 시권 한 장만 내고 가면 될 것이다." 하였다. 선생이 사양하며 말하기를, "부형이 지금 죄명에 관련되었는데 자질(子姪)된 자가 어찌 감히 편안히 영예를 구하리오!" 하고 당일에 급히 돌아오니 조공이 탄식하고 안타까워하기를 마지않았다.

신해년(1851) 겨울에 <직자심결(直字心訣)>을 지었다. 대체로 주자가 이른바, "하늘이 만물을 내시거나 성인이 만사에 응하는 것은 곧음[直] 뿐이다."라는 말씀에 근거하여 이 한 글자가 역대 성인의 심법이라 여기고 경전의 중요한 말씀들을 두루 채집하여 증명하였으니 상하편이다.

임자년(1852)에 <사칠변(四七辨)>을 완성했다. 대체로 퇴계선생의 <심통성정도(心統性情圖)>의 중도(中圖)는 사단과 칠정을 합하여 보아, 기를 섞지 않고 단지 리만을 가리켜 근본의 실상을 밝힌 것이고, 하도(下圖)는 나누어 보아, 주자가 말한 "사단은 리의 발동이고 칠정은 기의 발동"이라는 설에 근거하되 "사단은 리가 발동하여 기가 따르는 것이고, 칠정은 기가 발동하여 리가 올라탄 것이다."라는 말을 보완한 것이다. 리기가 함께 발동하는 기미와 서로 필요로 하는 미묘함을 밝혔으니 그 올바른 이치가 진실로 해와 달처럼 분명하였다.

그런데 이를 이어서 논하는 자들의 견해가 들쭉날쭉하여 혹자는 사단과 칠정을 모두 기의 발동이라고 생각하고, 혹자는 사단과 칠정의 리발과 기발은 근본에서부터 그러한 것이라고 생각하여, 드디어 칠정은 리발이 없다고 여기게 되었다. 선생이 일찍이 사색하고 연구하여 세월이 쌓이자 홀연히 '리는 하나인데 나뉘어져서 달라진다[理一分殊]'는 취지에서 깨달음을 얻었다. 이에 여러 설들을 모아서 참고하고, 각 설들이 두루 통하도록 절충하여 이 변설(辨說)을 지었다. 나누어 보거나 합하여 보거나 횡(橫)으로 보거나 종(縱)으로 보거나 모두 지극한 결론을 얻어 퇴계의 옛 이론으로 돌아갔는데, 이때에 이르러 다시 정리한 것이다.

　그 종으로 보는 설명[竪說]에서는 "태일(太一)이 장차 나뉠 때는 리가 기를 생하고 만물이 서로 운행할 때는 리가 기를 올라타니, 주재함은 리에 있고 작용함은 기에 있다. 무릇 정이 발동할 때 발동하는 것은 리이고 발동하게 하는 것은 기이다."라고 하였고, 횡으로 보는 설명[橫說]에서는 "마음이 지각하는 바가 같지 않다. 발동함에 리에서 감응하여 리를 따르는 것을 리발이라고 하니 리발하면 기가 따르게 되고, 기에서 감응하여 기를 따르는 것을 기발이라고 하니 기발하면 리가 올라타게 된다. 그러므로 리발과 기발을 나누어 말하지만 서로 발동한다[互發]는 것은 실로 단독으로 발동한다는 것이 아닌 것이다. 단지 그 발동하는 곳만 보고 입론하여 마치 그 발동하는 바의 단서를 성(性)이 발하여 정(情)이 되는 것처럼 여긴 것이다."라고 하였다.

　또 정암(整庵) 나흠순(羅欽順)의 『곤지기(困知記)』를 변설하여 겉은 유가이지만 속은 불가임을 밝혔고, 남당(南塘) 한원진(韓元震)의 인물성동이론(人物性同異論)을 변설하여 주자의 초년설과 만년설을 거꾸로 이해한 오류를 밝혔다. 『대학차의(大學箚義)』・『중용차의(中庸箚義)』・『태극도차의(太極圖箚義)』를 저술하고 저술의 뒤에, "『대학』을 읽고도 경(敬)을 위주로 하는 뜻을 얻지 못한다면 상달(上達)을 이야기 할 수 있는 자가 아니며, 『중용』을 읽고도 리를 위주로 하는 뜻을 얻지 못한다면 진리를 어지럽히는 자이며, 리기를 논하면서 <태극도>와 합치되지 않는 자는 모두 전도된 학문이다."라고 적었다. 겨울에 정재(定齋) 류치명(柳致明) 선생을 한들[大坪]로 찾아뵈었다. 류선생이 다른 사람에게 "호걸한 선비는 문왕이 없어도 일어난다더니 이 사람을 두고 한 말인가!"라고 하였다.

계축년(1853)에 <심자고증(心字考證)>을 지어 마음의 본체와 오묘한 작용, 마음의 형체와 객용(客用) 빛 심과 성의 분합과 심과 기의 구별을 밝혔다. 명덕(明德)과 달도(達道)의 뜻을 정재선생과 편지로 논하였는데, "본연지성의 밝음은 기가 더하거나 뺄 수 있는 것이 아니다. 만약 명덕이 과연 기가 맑고 리가 투철한 것을 이름한 것이라면, 기가 이미 맑은 데 무슨 구애됨이 있을 것이며 리가 이미 투철한데 또 무슨 혼탁함이 있을 것인가. 자사(子思)가 『중용』을 지어서 시종 하나의 리를 말하였을 뿐, 원래 기를 두고 말한 것이 아닌데 지금 리와 기가 서로 이루어주는 것으로 대본(大本)과 달도를 지칭한다면 아마도 자사의 본의가 아닌 듯하다."고 했다.

또 신암(愼庵) 이만각(李晩慤)과 편지로 리기동정(理氣動靜)을 논하였는데 대략, "이 기가 있기 전에 이 리가 먼저 있었으니, 이 리는 있자마자 움직이고 고요할 수 있었다. 움직임도 태극의 움직임이고 고요함도 태극의 고요함이니 움직이면 양이 생기고 고요하면 음이 생긴다. 움직임과 고요함으로 말미암아 기라는 이름이 있게 되었으니 리는 항상 주인이요 기는 항상 여기에 의지하는 것이다. 움직임도 없고 고요함도 없지만 움직임과 고요함의 오묘한 이치를 머금고 있는 것이 리의 체(體)이고, 움직일 수 있고 고요할 수 있어 움직임과 고요함의 기미를 가지고 있는 것은 리의 용(用)이다. 기는 움직이면 고요함이 없고 고요하면 움직임이 없으니 결코 스스로 움직일 수 있고 스스로 고요할 수 있는 물건이 아니다."라는 내용이었다. 여름에 정헌공을 모시고 회연서원(檜淵書院)에 가서 『심경(心經)』을 강하고 강록(講錄)을 만들었다. 가을에 또 정헌공을 따라 만귀정(晩歸亭)에서 『심경』을 읽었다. 겨울에 『통서차의(通書箚義)』와 『근사록차의(近思錄箚義)』를 저술하였다.

을묘년(1855)에 정헌공을 성균관의 숙소로 문안하였다. 판서 김학성(金學性)이 선생의 이름을 듣고 정헌공이 계신 곳을 방문하여 서로 만나 호락(湖洛)의 인물성동이설(人物性同異說)을 논하였다. 선생이 호론(湖論)과 낙론(洛論)의 득실과 전말을 극진하게 말하니 김공이 그 공정함을 거듭 칭찬하였다. 후일 영남사람을 만나면 매번 선생의 안부를 묻고 또 "기상이 빼어나고 학문이 깊고 넓어 영남 제일의 인물이다."라고 하였다.

병진년(1856)에 <주재도(主宰圖)>를 지었다. 머리에 상제(上帝)를 게시하여 주재의 본원을 보이고, 다음에 신(神)자를 게시하여 주재의 묘용을 보였으며, 다음에 천군(天君)을 게시하여 이 리의 진체(眞體)와 묘용이 사람에게 있어서는 마음이 되어 한 몸을 주재함을 보였다. 또 전현(前賢)들의 이론을 낱낱이 채집하여 증거로 삼아, "마음이라는 것은 천리가 인간에게 있는 전체이니, 마음의 참된 본체는 성(性)이고 오묘한 작용은 정(情)이다. 성과 정 이외에 별도의 마음이 없는데 '성과 정을 오묘하게 한다'는 것은 무엇인가? 오묘하게 하는 것은 하나인 리이고, 오묘하게 되는 것은 나뉘어 각각 다른 리이다. 하나의 리가 뭇 리를 오묘하게 하니 즉 마음이 마음을 부리는 것이다. 그러나 리는 홀로 움직이지 않으므로, 임금이 되어 나라를 주재하면 기가 신하가 되는 것이며, 아비가 되어 가정을 주재하면 기는 아들이 되는 것이다. 주재의 참된 이치는 본래 하늘에서 받는 것이지만 주재의 공부는 오로지 사람에게 달려 있으니, 마음이 진실로 한 몸의 주재이며 경(敬)이 한 마음의 주재인 것이다. 하나를 위주로 하여 만 가지에 응하고 안을 위주로 하여 밖을 통제하는 것이 모두 경의 일이다."라고 하였다.

정사년(1857) 봄에 또 정헌공을 모시고 천곡서원(川谷書院)에서 『심경』을 강하고 강록을 만들었다. 겨울에 검제[金溪]로 가서 서산(西山) 김흥락(金興洛)을 방문하고 다시 정재선생을 찾아뵙고 주재와 묘합(妙合)의 뜻을 논하였다. 만우정(晚愚亭)에 노닐고 눈 내린 도연폭포를 구경한 뒤, 정와(訂窩) 김대진(金岱鎭) 공을 방문하여 『중용』 1장의 성과 도가 사람과 만물이 같고 다른[性道同異] 뜻을 논하였다. 김공이 말을 마치자마자 서로 뜻이 부합하여 만난 것이 늦었다고 여겼다. 또 동림(東林) 류치호(柳致皜)를 방문하여, 이치를 아는 것과 경(敬)을 실천하는 것이 한 마음을 위주로 하는 취지와 본연지성(本然之性)의 치우침과 완전함의 취지에 대하여 논하였는데 류공이 깊이 찬탄하였다. 돌아와서 『주자어류차의(朱子語類箚義)』를 저술하여 초년설과 만년설의 차이를 극론하였다.

중국의 산동지방에서 병란(애로우호 사건으로 인한 2차 아편전쟁을 말함)이 일어나 함풍황제가 장차 요동을 건너온다는 믿거나 말거나한 소문이 사람들을 현혹시키고 있었다. 선생이 상소문을 기초하였는데, 중화(中華)를 높이고 오랑캐를 물리치는 것은 만고의 법칙이고 큰 나라를 섬기고 힘에 사역당하는 것은 한때의 작은 권도임을 말하고, 팔도에 선유(宣諭)하여 의로운 선비의 기상을 고무시켜 청나라가 틈이 생기기를 기다리자는 내용이었다. 상소를 대궐에 올리고자 하였으나 북방의 소란이 진정되어 그만두었다.

기미년(1859) 겨울에 부친 한고공(寒皐公)의 상을 당했다. 당시 선생은 온 몸에 담(痰)이 돌아다니는 병을 앓고 있어 종종 큰 종기가 생기곤 하였는데, 오히려 스스로 힘써 슬픔을 다하고 예에 따라 집상하여 유감이 없도록 했다.

신유년(1861)에 『상제편고(喪祭便攷)』를 편집하고 『논어차의(論語箚義)』, 『주자대전차의(朱子大全箚義)』, 『퇴계집차의(退溪集箚疑)』를 저술하였다. 겨울에 삼년상을 마치고 『계몽차의(啓蒙箚義)』를 저술하였다. <심즉리설(心卽理說)>을 지어, 왕양명(王陽明)이 기(氣)를 리(理)로 오인하였기 때문에 심즉리(心卽理)가 바로 심즉기(心卽氣)임과, 본심의 올바름은 리에 있을 뿐 기에 있지 않으므로 공자의 '마음이 하고자 하는 바대로 하여도 법도에 어긋나지 않음[從心所欲不踰矩]'과, 맹자의 '양심(良心)'과, 정자의 '마음과 성이 모두 리[心性一理]'라는 말과, 주자의 '마음이 태극[心爲太極]'이라는 말과, '주재하는 것은 리[主宰卽理]'라는 말이 모두 리를 가지고 마음을 말한 것이니 '심즉리(心卽理)' 세 글자가 실로 서로 전해온 요결임을 밝혔다.

임술년(1862)에 여러 고을에 백성들의 소요가 있었다. 조정이 삼정이정청(三政釐整廳)을 설치하고 선비들에게 바로잡을 방도를 물었다. 선생이 이에 응하여 대책(對策)을 올렸는데 그 대략은 다음과 같다.

"국가에는 전정(田政), 군정(軍政), 환정(還政)의 세 가지 큰 정사[三政] 이외에 세 가지 큰 병통이 있습니다. 이것들을 없애지 않으면 삼정이 행해지지 않게 되니, '임시변통[姑息]'과 '문서만 갖춤[文具]'과 '사사로움[偏私]'입니다. 전정에서 미리 재측량하지 않고, 군정에서 미리 조사하여 보충하지 않고, 환정에서 포탈을 뿌리 뽑지 않는 것이 '임시변통'이 아니고 무엇입니까! 은혜로운 조칙을 널리 내려 백성들의 고통을 깊이 아파하며 고금에 없던 덕의(德意)에 백성들이 기뻐 박수치지만, 아래에 있는 자들이 부응하여 펼칠 생각이 없고 오히려 구습을 버리지 않으며 백성들을 수탈하여 자신을 살찌우는 것을 보통의 일처럼 여깁니다. 묘당에서 아뢰어 결정한 것이나 지방관의 공문들을 얼핏 보면 적절하지 않은 것이 없으나, 결국 일이 희미해지고 전혀 조치하지 않으니 '문서만 갖춤'이 아니고 무엇입니까! 수령이 전곡(錢穀)을 포탈하거나 포탈을 숨긴 경우에 모두 이에 해당하는 법률이 있는데, 권세 있는 친척에게 의지하면 괄시할 수 없는 형세로 인해 보호해주고, 서리들이 공사(公私) 간에 농간을 부려 죄를 범한 실상이 낭자하더라도, 뇌물을 받거나 편하게 부리기 위해 관대하게 처리하니 '사사로움'이 아니고 무엇입니까!

『경국대전』에, 서울과 지방에 상평창(常平倉)을 설치하여 곡식이 귀하고 천함에 따라 가격을 조절하여 사고팔게 하였으니, 이제 환곡의 제도를 혁파하여 없애고 상평의 법에 따라 저자에서 백성들이 교역하는 바에 의거하여 억지로 사들이거나 억지로 대여하지 않는다면 각 감영의 이율이 저절로 정해져서 농간을 부릴 여지가 없게 될 것입니다.

군정의 문란함은 모두 아문(衙門)이 번다하고 군액이 과다함에서 기인한 것입니다. 적절하게 줄여 정병(精兵)을 양성하는 뜻을 보존하고, 환곡을 받는 호수를 계산하여 각 호마다 두 냥을 내어 서울에 번 들러 가는 경비에 충당하고, 군인이 된 자는 호부(戶賦)를 면제하고 농한기 석 달 동안 고을에 나가 훈련을 받게 한다면 자원하는 사람이 많아져서 지난날 보포(保布)를 내던 사람들이 모두 군인이 되고자 할 것입니다.

전부(田賦)의 폐단은 규례(規例)가 통일되지 않았기 때문입니다. 이제 규례를 통일시켜 정하고, 향리와 노비들의 수당을 적절하게 정하여 주고, 쓸데없는 인원은 모두 줄이고, 토지장부를 다시 측량하여 고치는 일 등을 수령들로 하여금 차례대로 하게하여 수령들이 몸소 실천하는 수고로움을 꺼리지 않게 된다면 어찌 재화가 부족할 걱정이 있겠습니까!"

마지막으로, 임금의 한 마음은 모든 다스림의 근본이기에 시대의 폐
단을 바로잡고자 한다면 반드시 먼저 그 마음의 폐단을 없애야 한다고
여겨 아뢰기를, "엎드려 바라옵건대 성상께서는 본원(本原)의 공부에 더
욱 힘써 성학(聖學)을 쉼 없이 밝히고 덕성을 기르시어, 간사한 신하를
멀리하고 충직한 신하를 가까이하며, 사사로운 은혜를 억누르고 공도
(公道)를 드러내며, 기강을 진작하고 풍속을 고무시키며, 재용을 절약하
여 나라의 근본을 굳건히 하며, 항상 스스로를 고무시켜 평범한 군주
가 되는 것을 부끄럽게 여기시어, 비박해진 운수를 되돌리고 무궁토록
왕업을 이으소서."라고 하였다. 말이 매우 절실하였으나 조정에서는 답
이 없었다. 이 해에 『맹자차의(孟子箚義)』를 저술했다.

금상[고종] 원년인 갑자년(1864)에 『역학관규(易學管窺)』를 편찬했다. 괘를
그어 그린 오묘한 역의 원리를 규명하여 각 괘의 자리와 수[位數]에 정
해진 상(象)이 있음을 밝히고, 삼역(三易)의 뜻을 드러내어 주역이 선천(先
天)을 위주로 함을 보였다. 역은 점을 위주로 하고 점의 오묘함은 상과
수에 깃들어 있으며 수에 근거하여 상을 세우고 상을 빌려 이치를 밝
혔으므로, 이치를 이야기하되 상에 합치되지 않으면 이 괘나 효의 실
상이 아니므로 길흉을 결정할 수 없다고 생각했다. 이에 『역괘원상(易卦
原象)』과 『팔괘집상(八卦集象)』을 지어 『역학관규』와 표리를 이루었는데
대체로 전인들이 드러내지 못한 것들이 들어있어 역의 도(道)가 거의 여
온(餘蘊)이 없게 되었다.

여름에 김부인의 상을 당하였다. 김부인께서 여러 해 동안 고랭증(痼
冷症)을 앓았는데 선생께서 날마다 시탕하며 밤에도 띠를 풀지 않고 힘
써 봉양하였으니, 이에 이르러 슬퍼함이 예법을 넘어 마치 살 수 없는

듯하였다. 상례의 절차를 모두 앞의 부친상과 같이 하였다.

을축년(1865)에 『사례집요(四禮輯要)』를 편찬하였는데 한결같이 『의례(儀禮)』를 기준으로 삼아 『주자가례』를 참고하고 고금의 여러 학자들의 견해를 널리 인용하여 절충했다.

병인년(1866)에 복을 마치고 『묘충록(畝忠錄)』을 지었다. 선생이 이때에 이르러 개연히 시대를 걱정하고 세상을 구제할 뜻을 품어 옛날의 제도를 헤아려 당시에 적용하고자 이 글을 편정한 것이다. 대개 전제(田制)는 경무법(頃畝法)을 시행하여 공부(貢賦)를 징수하도록 하고, 관록(官祿)은 주나라에서 관제를 책정한 취지를 살리고 우리나라의 법식을 따르고자 하였으며, 취사(取士)는 지방관의 추천과 과거시험을 병행하고자 했고, 병제(兵制)는 15세 이상의 장정을 의무복무하게 하고 모병제를 병행토록 했다. 행정구역과 백성의 수를 근거로 시행방안을 예시함으로써 실현 가능성을 밝혔으니, 나를 등용한다면 천하의 백성들을 위한 사업을 할 것이라는 뜻이었다. 다시 상소문을 지어 당시의 폐단을 바로잡을 것을 극력 진술하였는데 대략의 내용은 다음과 같다.

"오늘날의 폐단이 많지만 그 큰 것을 들자면 관직의 폐단과 과거의 폐단, 세금의 폐단, 군정의 폐단, 서리(胥吏)의 폐단입니다.

대저 관직을 나누어 설치한 것은 하늘의 일을 밝혀 백성들의 기준을 세우고자 한 것이니, 애초부터 한 사람을 영광되게 하거나 한 사람의 사사로움을 충족시키기 위한 것이 아닙니다. 옛날 융성한 시대에는 백관들이 모두 한 자리에 오래 근무하면서 일을 성취하게 하여, 치도(治道)의 성대함을 후세에서 따라갈 수가 없는 것입니다. 한 자리에 오래 근무하는 법이 사라지면서 벼슬을 조급하게 다투는 풍조가 성행하여, 아침에 제수했다가 저녁에 옮기고 어제 임명했다가 오늘 바꾸는 일이 있게 되었습니다. 그리하여 관청을 여관처럼 여기고 공무를 독초처럼 여겨, 어쩌다 복잡한 일을 만나면 백방으로 회피할 궁리를 하고 조금이라도 조사하여 밝히고자 하면 뭇사람들의 조롱과 비웃음을 사게 되니, 백 가지 일이 지체되고 막혀서 수습할 수가 없게 되었습니다.

벼슬에 나간 지 얼마 되지 않아 당상관이 되고 일처리가 익숙지 않은데 문득 국가의 요직을 맡습니다. 벼슬자리는 신하가 몸을 일으키는 시초인데 이리저리 애걸하여 빈 직함을 얻고자 하니 행실도 없고 재주도 없는 사람이 외람되이 사사로운 정에 기대어 중요한 벼슬을 차지합니다. 한 사람이 요행히 얻게 되면 백 사람이 그 잘못을 본받아 염치가 사라지게 되는 것입니다. 산림(山林)에 은거하는 선비를 뽑는 것은 원래 경연에서 임금을 깨우쳐 인도하게 하고자 한 것이었습니다. 그러나 부르는 명이 내려오면 더욱 자신을 굳게 지켜 나가지 않고, 만약 나가려 하면 뭇사람들이 모두 꾸짖어 말립니다. 임금을 인도하는 찬선(贊善)과 좨주(祭酒)의 벼슬은 가만히 앉아서 높은 이름만 차지하는 것이요, 사관이 가지고 오는 임금의 특별한 유지(諭旨)를 으레 그런 것으로 여깁니다. 조정에는 실질 없이 예우만 하는 혐의가 있고 선비들에게는 영예를 훔치는 허물이 있으니, 이러한 제도를 혁파하지 않는다면 요순(堯舜) 같은 임금이 위에 있다 하더라도 팔원팔개(八元八凱) 같은 신하가 조정에 설 수 없으며, 공맹(孔孟)이 다시 살아나더라도 당시의 임금은 그 광채를 볼 수 없을 것입니다.

요순의 시대에는 벼슬이 수가 100에 불과했고 주나라의 예법이 크게 갖추어진 뒤에도 3,000을 넘지 않았습니다. 우리나라는 땅이 좁은데도 관청의 설치가 거듭되어 많아졌으니 이것이 백가지 폐단의 근원입니다. 주나라 제도에 경(卿)의 녹봉은 대부의 4배였고, 대부의 녹봉은 상사(上士)의 2배였고, 평민으로서 관직에 있는 사람은 녹봉이 농사를 대신할 만하였습니다. 우리 조정의 정일품은 월급이 2섬 8말이요 구품 이하는 10말에 그치니 한 사람 입에 풀칠하기도 부족합니다. 하물며 무엇으로 부모를 모시고 아이를 키워 오로지 공무에만 전념할 수 있겠 습니까!

옛말에 이르기를 '관직을 줄여야 일이 줄고 일이 줄어야 백성이 맑 아진다.'고 하였으며, 또 '녹봉이 박하면 청렴을 기를 수 없다.'고 했습 니다. 신이 청컨대, 안으로는 여러 관청 가운데 병합할 것을 병합하고 밖으로는 여러 고을 가운데 병합할 곳을 병합하여 실무를 관장할 관리 만 남겨두고 시급하지 않은 관원을 모두 줄이십시오. 이들의 녹봉을 가져다 실무를 맡은 자의 녹봉을 넉넉하게 주면서 한 자리에 오래 근 무하며 일을 성취하게 하여 벼슬을 헛되이 받을 수 없는 것을 알게 한 다면, 녹봉이 넉넉해져서 염치가 확립될 것이고 기강이 밝아져서 어진 인재들이 고무될 것입니다.

선비는 국가의 원기(元氣)이니, 입으로는 『육경』의 말을 외우고 몸은 사민(四民) 가운데 으뜸입니다. 이들을 정직중화(正直中和)의 덕으로 인도하 시고, 효제충신(孝弟忠信)의 행동을 하도록 규율해야 합니다. 삼대(三代)의 융성한 시절에 추천으로 인재를 선발할 때는 논의를 거쳐 임용하고 임 용한 뒤에는 벼슬과 녹봉을 주었으니, 선비에게는 거짓으로 자신을 판 부끄러움이 없고 나라에는 인재를 쓰는 도리가 있었습니다. 이것이 한 나라에서 한 번 변하여 책문(策文)으로 뽑는 현량방정(賢良方正)의 제도가 생겼고, 당나라에서 다시 변하여 박학굉사과(博學宏詞科)가 되었습니다. 역대로 답습하면서 날로 구차하게 되어, 선발을 담당하는 관리는 안목 이 밝지 못하고 뽑힌 자들은 자질이 더욱 비루하니, 거칠고 어그러져

법식에 맞지 않게 되었습니다.

진흙과 진주가 섞여있고 자갈과 옥돌이 섞여있어도 변별하기 어려워, 노성한 선비와 참된 인재는 한 명도 참여할 수가 없고, 잡부와 장사치로 이름도 기괴한 자들이 사람들의 입에 떠들썩하게 오르내리자 이것을 흑방(黑榜)이라고 하였습니다. 혹 이러한 소리가 듣기 싫어 인재를 조금 물색하고자 하면, 힘 있는 가문의 사람은 인연을 좇아 청탁하고 재물이 있는 자는 부정한 방법으로 부탁하여, 더러운 소문이 낭자하며 허실이 부합하지 않게 되었으니 이것을 탁방(濁榜)이라고 하였습니다. 선발을 담당하는 관리가 공정하게 선발하건 사심으로 선발하건 모두 탁방이니 흑방이니 하는 이름을 면치 못했으니, 스스로를 조금 아낄 줄 아는 선비들은 과거장을 진흙탕으로 여기고 산림에 깊이 숨어 혹시라도 더럽혀질까 걱정하게 되었습니다. 혹 재기를 품고 펼치고자 하는 사람들은 여러 번 응시해도 뽑히지 못하여 뱃속에 원한만 가득하게 되니, 작게는 거짓말을 지어내어 비방을 일삼고 크게는 화가 미치는 것을 즐겁게 여기며 난을 일으킬 생각을 하게 되었습니다.

이러한 상황이 두려워지자 논의하는 자들은 과거를 아예 없애버리고 오로지 추천을 통해 인재를 선발하자고 합니다. 이것이 몹시 좋기는 하지만, 과거준비를 하는 것이 성품이 되어버렸는데 하루아침에 혁파해 버린다면 좋아하지 않을 사람이 많을 것입니다. 때를 보아 시험해 보더라도 반드시 시행할 수는 없을 것이니 기묘년(1519)의 현량과(賢良科)가 끝내 화의 빌미가 되었던 것을 생각하지 않을 수 없습니다. 제가 생각하기로는 지금의 법에 옛날의 뜻을 기탁하여 추천과 과거를 동시에 시행하면서 긴 세월을 두고 조금씩 바로잡아 나가면서 점차 이루어지는 효험이 있게 되면 비로소 한 번 옛 제도를 회복할 수 있을 것입니다.

　백성의 기쁨과 근심은 세금의 경중에 달려 있습니다. 우리나라가 처음 법을 만들 때는 백성들의 고통을 깊이 걱정하여 요역을 가볍게 하고 세금을 박하게 한 것이 옛날보다 훌륭하였습니다. 그러나 법이 오래 되자 폐단이 생겨나 온갖 오류들이 나오게 되었습니다. 변동이 있을 때마다 재측량하는 법이 시행되지 않자 양안(量案)에 누락된 토지가 실제의 토지만큼이나 되고, 뇌물을 주는 길을 막지 않으니 사납(私納)이 공납(公納)보다 많게 되었습니다. 흉년에 세금을 경감하는 일은 위에서 백성들에게 혜택을 주고자 한 것이지만, 모두 탈이 있다고 거짓 보고한 양전(良田)으로 돌아갔습니다. 환곡의 이자를 물리는 것은 본래 백성을 이롭게 하고자 한 것이었으나 모두 무고하게 징수하는 거짓 장부로 들어가 버렸습니다. 지난날 1결(結)의 세금은 10민(緡)에 불과하였으나 지금은 3,40민이 되었고, 한 섬의 환곡에 내어주는 쌀이 여덟 말은 되었으나 지금은 한두 되에 그치고 있습니다. 그러므로 국가의 경비는 날로 줄어들고 서리(胥吏)들의 포탈은 날로 쌓이며 백성들의 곤궁함은 갈수록 심해지고 있으니 어찌 통탄하지 않겠습니까!

　진실로 하루아침에 즉각 영을 내려 먼저 재측량하는 정사를 시행하되 허실을 분명하게 조사하고 현장을 정밀하게 살피게 하신다면, 그 일을 할 만한 사람이 없는 것을 걱정할 필요가 없습니다. 우리 조정의 결부법(結負法, 수확량에 따라 세금을 부과하는 제도)이 정밀하지 않은 것은 아니지만 단위가 일정치 않고 지면이 고르지 않아 곱하고 나누고 더하고 뺀 수를 관청이 다 살필 수가 없고 백성들도 다 알지 못합니다. 그러므로 서리들이 농간을 부릴 여지가 생겨 끝내 옛날의 경무법(頃畝法, 토지의 면적과 상태에 따라 세금을 부과하는 제도)에 미치지 못함을 사람들이 모두 알

고 있습니다. 땅의 비척(肥瘠)에 따라 18등급으로 나누기를 지금의 품관
의 제도와 같이하여 그 단위를 통일시키면 세금이 저절로 고르게 되고
장부가 번잡하지 않을 것입니다. 등급이 분명해지면 1/10을 세금으로
정하고, 농부가 6/10으로 생계를 삼고, 지주가 3/10을 거두어 가도록
한다면 지금 결부(結賦)를 내는 것보다 다소 무거운 듯하지만, 군자들은
오랑캐들처럼 세금을 적게 거두는 방법을 시행하지 않는 것입니다.

군대는 외적을 막고 나라 안을 견고하게 지키기 위한 것입니다. 정
전법(井田法)이 폐해지면서 군적(軍籍)이 무너졌으며, 숙위(宿衛)의 제도가
갖추어지면서 병농(兵農)이 분리되었습니다. 우리나라 오위(五衛)의 제도
는 실로 부병제(府兵制, 병농일치제)의 취지를 살린 것이지만 고려말의 폐단
을 경계하고자 상근하는 장수와 병사가 없습니다. 그러므로 갑자기 일
이 발생하면 흩어져버리게 되니 임진년 이후로 비로소 삼영(三營, 총융청·
금위영·어영청)을 설치하였으나 오히려 병사는 많고 농사를 해칠 우려가
있었으며, 응모한 자들이 모두 경박한 무뢰배들이라 국고를 허비할 뿐
군정에 보탬이 되지 않았습니다.

그 뒤에 군대를 풀어주고 대신 베를 거두었으니 양연(梁淵, 조선 중기의
문신)의 건의로 시작된 것입니다. 백성들에게는 고향을 떠나는 고통이
없어지고 국가는 군자(軍資)가 넉넉해져 공사 간에 모두 편리해졌으나,
고용한 경군(京軍)들은 모두 시정의 교활한 무리들이라 평시에는 날랜
모습이 볼만했으나 변란을 만나면 새가 날고 짐승이 숨듯 하였습니다.
군대가 있는 것이 이와 같다면 군대가 없는 것만 못하건만 각 진(鎭)들
이 잘못된 것을 본받아 방비가 없는 것을 안타까워하지 않게 되었습니
다. 거둔 베는 모두 지휘관의 호주머니로 들어가고 이름은 거진(巨鎭)이
지만 군사 한 명도 없게 되었으니 만약 사변을 만난다면 장차 무엇으

로 방어하겠습니까! 논자들은 매양 호적을 낱낱이 조사하여 군부(軍簿)를 다시 만들자고 하지만, 지난날 군호(軍戶)의 후예들이 지금 모두 높은 관을 쓰고 넓은 소매 옷을 입고 사대부의 반열에서 득의양양한데 하루아침에 군오(軍伍)에 편성되면 원한이 사무쳐 대란이 일어나거나 간교한 꾀를 내게 되어 백성들을 동요시킬 따름일 것입니다.

신이 일찍이 헤아려보건대, 문관이 되고 무관이 되는 것에서 어느 한쪽을 억눌러서는 안 될 것입니다. 선비가 되어서 임금의 계책을 돕고 군인이 되어서 외적을 방어하는 것은 어느 하나도 없어서는 안 되는 것입니다. 하물며 오늘날 과거가 판연히 두 길로 나뉘어졌는데, 군비를 넉넉하게 하는 중요한 일이 무과에 없어서야 되겠습니까? 옛날 지방에서 올라와 중앙에서 번(番)들게 하던 법을 과거시험에 포함시키고, 오늘날 번 드는 대신에 베를 내게 한 규정을 벼슬에 나가는 규정으로 바꾸고, 서울의 병영에 소속되지 않으면 비록 장수의 아들이라 하더라도 무과에 응시할 수 없게 하고, 이미 군적에 들어온 자는 비록 일반백성이라 하더라도 녹봉을 받게 하고, 고을에는 유적(儒籍)과 마찬가지로 군적(軍籍)을 비치하게 하여 궁포(弓砲)를 대략 익혔으면 봉급을 주어 군인이 된 즐거움이 선비가 되는 것과 다름없게 한다면 어찌 도망가거나 호적에서 빠지려 하는 우환이 있겠습니까!

서리는 위의 명령을 백성에게 베풀고, 백성의 실정을 위에 통하게 하는 자들입니다. 중앙의 관청에서 근무하는 자들은 조정의 법규를 능숙하게 외우고, 지방의 고을에서 근무하는 자들은 행정을 익숙하게 익혀, 기민하게 받들고 공손하게 뛰어다니며 상관의 눈과 귀가 되어야 하는 중요한 직임입니다. 그러나 우리 조정이 법을 만들던 처음에 어쩌다 급료를 주는 규정을 만들지 않아, 도리어 간특함을 기르는 바탕이 되었습니다. 날마다 복무하여 농사지을 겨를도 없고 상업이나 공업에도 능하지 못하여 입고 먹는 비용이 나올 곳이 없으니, 이것이 관장을 속이고 요령을 부리며 백성을 겁주어 재물을 요구하고 장부를 훔쳐서 재화를 도둑질 하며 창고에 들어가 곡식을 훔치는 일을 염치를 돌아보지 않고 하게 된 까닭입니다. 비록 법을 엄중하게 하여 바로잡고자 해도 간계가 백출함을 면치 못하니, 먹고 입는 근원을 열어주고 염치를 가르쳐 스스로 간특한 일을 하지 않게 하는 것과 비교하면 어느 것이 낫겠습니까!

이들은 간사하게 이익을 추구하는 버릇이 오래되어, 계산이 빠르고 술수를 부리는 것이 극히 교묘하며 조금이라도 믿는 기색을 보이며 일에 대해 물어보면 겉으로는 공손한 태도를 취하면서 속으로는 기대어 함부로 굴 생각만 합니다. 관청을 드나들면서 어떤 사람이 어떤 벼슬에 임명될 것이라거나 어떤 일이 어떻게 결말이 날 것인지를 몰래 듣고 밖에 나와서는 어떤 사람이 벼슬을 얻는 것이 내손에서 나온다느니 어떤 일의 결말이 내입에 달렸다느니 하면서 떠들어댑니다. 그 사람의 벼슬과 그 일의 결말이 말한 대로 이루어지면 이익을 좋아하고 염치가 없는 무리들이 달라붙게 되니 잘못된 길이 한 번 열리게 되면 세력이 더욱 커지게 됩니다. 그들 가운데 현저한 가문의 용모가 수려하고 말이 부드러운 자를 골라 곁에 따라다니며 명예를 구하고 기회를 엿보아 명함을 들이니, 그 사람이 마치 쓸 만한 사람처럼 보입니다. 일에 대해 말할 때는, 정직하지만 곤궁한 사람이나 죄에 연루되어 풀리지 않은 사람을 골라 앞에서 인도하게 하고는 그에게서 실상을 채집하여 말하니 마치 그 말에 사사로움이 없는 듯합니다.

관원들이 점차 그에게 젖어들어 마침내 따르고 믿게 되니 권세를 부리고 뇌물을 바치는 등 못할 짓이 없게 되었고, 국사를 맡은 자들이 그에게 팔리는 바가 되어 추문이 낭자하지만 오히려 믿을만한 사람이라 여기게 되었습니다. 그 일을 아는 자들은 도리어 혐의를 입을까 염려하여 그 실상을 드러내지 못하고 남몰래 탄식하고 사사로이 의견을 말할 뿐입니다. 중앙의 관청이 이러하니 지방은 알만합니다.

전제(田制)가 무너지고 군액이 허비되며 나라의 경제가 날로 위축되고 백성들의 고통이 절박해지는 것이 모두 이들의 농간 때문입니다. 이후로 그들에게 급료를 넉넉히 주어 일을 책임지우고, 관장들로 하여금 친히 문서를 작성하고 몸소 출납을 살피게 하여 공물(貢物)과 납세의 과정에서 뇌물을 요구하며 점퇴(點退, 탈을 잡아 수납을 거절하는 일)하는 폐단을 혁파하고, 송사를 처결함에 사사로움으로 공정함을 잃은 흔적을 깊이 살핀다면 나라의 일이 무너지고 백성들의 사정이 막히는 지경에 이르지 않을 것입니다."

수천 마디의 말이 모두 당시 폐단의 근원을 통찰하여 조사한 것으로 일마다 바로잡으려는 방책이었다. 모두 충후(忠厚)함에 근본하여 명목과 실제를 고찰하였으니, 규모의 면밀함과 절목의 상세함이 한 때의 빈말이 아니었다. 만약 시행한다면 참으로 그 기세가 성대할 것이다.

당시 천주학이 나라 안에 퍼지자, 정묘년(1867)에 정헌공이 상소하여 삭강(朔講, 초하루마다 실시하는 강의)의 규정을 지방 고을에 반포하여 바른길로 돌아가는 계책을 삼기를 청하였다. 묘당에서 품의하여 처리하고 먼저 성주에서 시행하도록 하였다. 선생이 정헌공을 모시고 회연서원에서 『대학』을 강론하고 강록을 편찬하였는데 발문을 적어 말하기를, "『대학』 한 권은 척사(斥邪)의 근본으로 삼을 만하다. 명덕(明德)은 착한 본성을 회복할 수 있고, 신민(新民)은 더러움에 물든 것을 바꿀 수 있으며,

충에 머무르게 되면 교황(敎皇)이니 교주(敎主)니 하는 이름을 부르면서 감히 무군(無君)에 빠지지 않게 되고, 효에 머무르게 되면 영혼과 육신을 이야기하면서 차마 무부(無父)에 빠지지 않게 된다. 격물치지(格物致知)하게 되면 예수가 승천하여 천주가 되었다는 것이 허망한 말이고 선조의 제사를 받드는 예법이 올바른 천리에서 나온 것임을 알게 되고, 성의정심(誠意正心)하게 되면 저들의 속이는 말들이 헛것이 되어 뿌리부터 부서질 것이다. 수신제가(修身齊家)하게 되면 형벌을 받아 죽는 것이 하늘의 명령이 아니며 음란한 것이 참된 본성이 아니라고 여기게 될 것이고, 혈구지도(絜矩之道)를 알게 되면 사람을 협박하여 나를 따르게 하고 억지로 교리를 전하는 일을 하지 않을 것이다."라고 하였다. 관찰사 이삼현(李參鉉) 공이 보고 경탄하여 강록의 서문을 적어 장려하고 쌀과 고기를 보내 선비들의 모임에 쓰도록 했다.

무진년(1868)에 정헌(定軒) 이종상(李鍾祥)을 경주의 보문으로 찾아뵙고 『주역』의 육효(六爻)에 각각 지(志)와 재(才)가 있다는 뜻을 논하였다.

신미년(1871)에 조정에서 명을 내려 선현의 사우와 서원을 훼철하게 하자 영남의 선비들이 상소를 올려 명을 거둘 것을 청하면서 선생을 장의(掌議)로 추대했다. 선생이 상소문을 지어, 유학을 높이고 도를 존중하는 것이 다스림의 요점임과 선현을 높이고 학문을 일으키는 것이 정치의 근본임을 극론하였다. 또 말하기를, "적들의 배가 몰려오는데 선비들의 학교를 훼철한다면 척사(斥邪)해야 할 때에 바른 길로 돌아가는 도리가 무너져 정기(正氣)가 먼저 쇠한 틈을 사기(邪氣)가 타게 되지 않겠습니까!"라고 하였다. 상소를 올리기도 전에 조정에서 형구와 몽둥이를 지닌 군사를 보내 소청(疏廳)을 포위하고 서리를 시켜 빈 장부를 가지고 와서 이름을 적게 하자 자리에 있던 사람들이 서로 돌아보며 낯빛이

변했다. 선생이 천천히 말하기를, "나는 이아무개다. 내 이름을 적어
라." 하였다. 그날 저물녘에 군사들이 대거 몰려와 핍박하여 강가로 나
오게 하였는데 선생의 거동이 의젓하고 진중한 것을 보고 모두 절하고
물러갔다. 8월에 정헌공이 돌아가시자 선생이 부모의 상을 당한 것처
럼 애통해하며 장례의 일을 몸소 처리했다. 정성을 다해 제문을 짓고
행장을 편찬하였으며 묘갈과 묘지를 갖추어 장례를 치러, 유감이 없게
하였다.

갑술년(1874)에 고종이 친정을 하게 되자 조야가 훌륭한 정지를 기내
했다. 선생이 동당시(東堂試)에 응시하여 책문으로 장원하고 예조의 복시
(覆試)에 응시하러 갔다가 시류가 혼탁한 것을 보고 시권을 제출하기 싫
어 곧장 돌아왔다. 오직 문헌공(文憲公) 성재(性齋) 허전(許傳) 공과 더불어
예설의 의문나는 곳을 강정(講訂)하며 서로 뜻이 맞아 몹시 즐거워했다.
겨울에 책을 싸들고 만귀정(晩歸亭)으로 들어가 옛날에 배운 것을 다시
익히고 학생들을 가르치며 장려했다. 한가한 날이면 산수 사이를 소요
하며 성정을 길러 마치 당시의 세상에 뜻이 없는 듯하였다. <술학(述
學)>·<자경(自警)>·<술회(述懷)>·<효고(嗟古)> 등의 여러 시들을 지
었는데 읊조리며 탄식할 만하다.

을해년(1875) 여름에 고령의 종산재(鍾山齋)에서 향음주례(鄕飮酒禮)를 거
행하고 『대학』을 강론하였다. 고령에는 회보계(會輔契)가 있었는데 선생
을 강장(講長)으로 초빙하여 해마다 강학하는 것을 상례로 하였다. 선생
이 세도(世道)가 날로 무너지고 오랑캐들과 통교하는 것을 보고 개연히
시름이 있어 『춘추집전(春秋集傳)』을 지었다. 사실(事實)은 『좌씨전(左氏傳)』
에 근거하되 술수를 부회한 이론들은 전적으로 믿지 않았으며, 의리(義
理)는 호안국(胡安國)의 『춘추전(春秋傳)』에서 취하되 억지로 끌어다 붙인

견해들은 따르지 않았다. 『공양전(公羊傳)』과 『곡량전(穀梁傳)』을 참고하고
주자가 평소에 한 말씀들로 절충하니, 이에 공자가 쓸 것은 쓰고 뺄 것
은 뺀 뜻을 거의 오늘날에 볼 수 있게 되었다.

병자년(1876)에 일본군이 강화도로 들어오자 조야가 진동하고 놀랐다.
선생은 고을에서 회의를 열어 적을 토벌하는 의병을 일으킬 일을 의논
하였으나 강화가 성립되어 그만두었다.

정축년(1877) 봄에 고을의 벗들과 고반동(考槃洞)에서 계회(契會)를 개최
하였는데 고반동은 동강(東岡) 선생이 독서하던 곳이다. 『춘추』에 빠진
노나라 역사를 채집하여, 위로는 노나라의 제후들로부터 아래로는 『자
치통감강목(資治通鑑綱目)』이 시작되는 시기(BC 403년)까지를 전편·중편·
후편으로 엮어 『춘추익전(春秋翼傳)』이라고 이름 붙였다. 가을에 남쪽으
로 유람을 떠나 합천의 황계폭포를 보고 삼가와 단성을 거쳐 산청의
남사(南沙)에서 향음주례를 거행했다. <태극도설(太極圖說)>을 강론했는데
모인 현자들이 수백 인이었고 구경하는 사람들이 담처럼 에워쌌다. 덕
산으로 들어가 남명(南冥) 조식(曺植) 선생의 사당을 배알하고 지리산 천
왕봉에 올라 일출을 구경했다. 노량을 건너 남해의 금산을 관람하고
멀리 촉석루에 올랐다가 함안의 합강정을 거쳐 돌아왔다.

무인년(1878)에 『이학종요(理學綜要)』를 편찬했다. 여러 경서와 해설서들
의 관련 내용을 두루 모아 차례대로 분류하여 서술했는데, 두뇌가 되
는 천도(天道)를 먼저 밝히고 본성과 마음의 체용(體用) 및 기질(氣質)의 장
점과 단점을 서술했다. 그 뒤에 학문의 단계와, 그 학문을 윤리와 사업
에서 구현하는 일과, 본성을 확충하여 지키고 순서에 따라 진리를 추
구하는 일을 서술했다. 또한 이단이 기(氣)를 위주로 하는 것이 잘못되
었음을 변별하여, 성현이 리(理)를 위주로 하는 뜻으로 귀결시켰다. 『근

사록(近思錄)』의 형식에다 『대학』과 『소학』의 단락으로 틀을 짜서 그 사
이에 모든 것을 다 말했으니, 종지를 미루어 밝히고 후학을 인도한 것
이 깊고도 절실하다고 할 것이다.

　기묘년(1879)에 안동의 청량산을 유람하고 영양에서부터 영동지방의
여러 명승들을 두루 감상한 뒤, 금강산으로 들어가 비로봉 정상에 올
랐다. 통천의 총석정에 이르러 다시 길을 돌려 영월의 자규루에 올랐
다가 단양을 거쳐 돌아왔다.

　경진년(1880)에 김해로 가서 바다를 보고, 명호도(鳴湖島)를 건너 부산의
왜관(倭館)으로 들어가 관사(館使) 홍금(紅琴)과 필담하였다. 홍금이 갑자기
옷깃을 여미고 말하기를, "공은 옛일을 널리 알고 이치에 통달하니 배
우기를 청합니다."라고 했다. 선생이 글을 적어 답하기를, "교린(交隣)의
도리는 마땅히 신의를 우선해야 한다. 속임은 패망의 매개요, 이욕(利慾)
은 혼란의 근원이다. 어찌 함께 경계하지 않을 것인가!"라고 하자, 홍
금이 "참으로 지극한 말씀입니다"라고 했다. 본원사(本願寺)의 승려 삼응
(三應)이 시를 청하자, 선생이 종이에, "서양의 사교(邪敎)를 청정한 불교
에 비할 것이 아닌데, 귀국은 어찌하여 허락했는가? 탐욕과 음란의 계
율을 저들이 먼저 범하고, 하늘을 더럽히고 속이면서 하늘을 섬긴다고
이름하네.[洋邪非比佛淸淨, 貴國如何便許成. 五戒貪淫渠首犯, 褻天謾假事天名.]"라고 적었
다. 삼응이 부처에게 참배하기를 청하자 선생이, "나는 유자이니 어찌
부처에게 절을 할 이치가 있겠는가!"라고 적어 보여주었다. 온천에서
목욕하고 밀양에 들러 영남루에 오른 뒤 돌아왔다.

　당시 수신사(修信使) 김홍집(金弘集)이 일본에서 돌아오면서 중국인 황준
헌(黃遵憲)이 지은 『사의조선책략(私擬朝鮮策略)』이란 책을 가져와서 진상했
는데, 대략 양이(洋夷)들의 공리(功利)를 배울 만하고 예수의 가르침도 해

로울 것이 없다는 내용이었다. 언관들이 그 책을 불태워 싹을 막기를
청하였으나 허락하는 명령이 없었다. 선생은 고을사람들과 의논하여
척사의 상소를 올리고자 통문을 발송하여 개령에 모였다. 마침 안동에
서도 통문이 함께 나와 이미 숭보당(崇報堂)에 먼저 모여 선생을 소수(疏
首)로 추천하였다. 선생이 아우 운상(雲相)을 보내 상소를 가지고 가는 행
렬에 참여하도록 하고, 회중(會中)에는 글을 보내 정도를 지키고 사도를
막는 것이 시대의 급무임을 극언하였다.

가을에 거창의 심소정을 유람하고 안의의 수승대에 이르러 갈천서당
(葛川書堂)에서 향음주례를 거행했다. 모리(某里)에 있는 동계(桐溪) 정온(鄭蘊)
선생의 유적을 심방하였다.

임오년(1882)에 조정에서 과거제도를 혁파할 것을 논의하고, 관찰사들
로 하여금 재능과 행실이 빼어난 사람을 추천하여 과거에 나와 시무책
(時務策)을 올리게 했는데, 경상감사 조강하(趙康夏) 공이 선생을 가장 먼저
추천하였으나 선생은 웃으며 나아가지 않았다.

계미년(1883)에 일본인 죽첨광홍(竹添光鴻)이 군대를 거느리고 대궐을 범
하였는데, 혹자가 전하기를 적들이 임금을 핍박하여 일본으로 들어가
게 하려 한다고 했다. 성주목사 이주하(李周夏)가 선생을 방문하고는 묻
기를, "만약에 전하는 말처럼 된다면 장차 어찌해야 합니까?" 했다. 선
생이 분연히 말하기를, "땅을 지키는 신하들이나 대대로 국록을 받은
집안들은 모두 마땅히 한 번 죽어 나라에 보답해야 한다."고 했다. 이
목사가 사람들에게, "모공(某公)의 붉은 충정이 말과 안색에 드러나니 나
는 믿을 데가 있다."고 했다. 조금 뒤 난이 안정되었다는 말을 듣고 그
만두었다.

갑신년(1884)에 조정의 명으로 의제(衣制)를 바꾸어 선비들로 하여금 소

매가 좋은 두루마기를 입게 했다. 선생은 오직 심의(深衣)를 입고 치포관
(緇布冠)을 쓰고 절대로 문을 나가지 않다가 조정의 금령이 조금 완화되
자 비로소 밖을 나갔다. 가을에 의금부도사에 제수되었다. 판서 민태호
(閔台鎬)가 오랫동안 선생의 이름을 듣고 여러 차례 조정에 아뢰었는데,
이때에 이르러 도사의 정원을 늘리자 선생에게 가장 먼저 제수하였으
니, 특례였다. 정리(政吏)가 글을 보내 관청의 종을 시켜 벼슬에 나갈 것
을 재촉하였다. 당시 선생은 창녕의 딸집에 있었는데 아들 승희(承熙)가
사람을 보내 아뢰니 선생이 웃으면서, "내가 벼슬에 나갈 수 없음은 네
가 이미 알 것인데 어찌 사람을 멀리 보내 번거롭게 하는가. 나는 지금
벗들과 강가에서 모임을 약속하였으니, 돌아간 뒤에 이조에 글을 보내
고할 것이다." 하였다. 겨울에 서울에 있던 선생의 종제 교리 귀상(龜相)
이 노환이라고 보고하여 드디어 체직되었다.

을유년(1885)에 단산서당(丹山書堂)에서 향음주례를 거행하고 제생들에게
강론하고 향약을 정했다.

병술년(1886)에 고을의 선비들과 한강(寒岡) 정구(鄭逑) 선생의 무흘서당
(武屹書堂)에서 계회를 개최하였다. 10월 10일에 병환이 생겨 11일에 갑
자기 설사하고 12일에 다소 차도가 있었다. 승희에게 말하기를, "나는
아마 죽을 것이다. 전선이 이미 동래 앞바다로 통하게 되었다 하니 이
로부터 오랑캐들이 날뛰고 사악한 기운이 날로 치열해 질 것이다. 내
가 산다고 하더라도 무엇이 즐겁겠느냐. 지금 땅속에 묻히는 것이 마
땅하다."라고 하였다. 13일에 부인 이씨가 갑자기 관격(關格, 소변을 못보고
구토하는 병증)으로 작고하자 선생이 부축을 받으며 나아가 영결한 뒤, 사
랑채로 돌아와 상례의 절차들을 명하였다. 저물녘에 또 안채로 들어가
승희에게 억지로 죽을 마시게 하며 몸을 상하지 말라고 하였다. 14일

에 병환이 위독해졌다. 밤이 깊어서 자리를 정돈하고 심의를 갖추어 입은 뒤 편안히 돌아가시니 15일 자시(子時)였다. 문인 이두훈(李斗勳)·이영훈(李英勳) 등이 차례로 도착하여 치상(治喪)하기를 한결같이 『사례집요(四禮輯要)』에 정한 바대로 하였다. 이 해 봄에 비가 내려 상고대가 피었는데 성주가 특히 심하여 식자들이 걱정하였고, 이 달에는 무지개와 흙안개가 날마다 이어지더니 돌아가시고 나서 비로소 걷혔다. 이듬해 정해년(1887) 2월 20일에 선비들이 한개마을 동쪽 소통령(小通嶺) 위 계좌(癸坐)의 언덕에 모여 장례를 치렀다.

아, 슬프다! 선생은 어려서부터 지극한 성품으로 장난과 의식(衣食)으로 어버이의 뜻을 어기지 않았다. 일찍이 산증(疝證, 복통으로 대소변을 잘 보지 못하는 증세)을 앓아 여러 차례 위태로운 지경에 이르렀다. 부친 한고공(寒皐公)이 깊이 걱정하시자 선생은 매양 힘써 웃는 모습을 보여 어버이가 병증을 모르시게 했다. 한고공은 평생 생업을 경영하지 않아 가정이 몹시 빈궁하였으나 손님을 맞이하고 베풀기를 좋아하셨다. 선생은 힘을 다해 밭일을 살피고 몸소 농기구를 점검하여 손님 접대를 풍성하고 정갈하게 하여 어버이가 그 어려운 형편을 모르시도록 했다. 고을의 어떤 어른이 와서 자신이 냉질(冷疾)을 앓아 겨울밤이면 요강이 없어 괴롭다고 하였다. 당시 집에는 요강이 한 개가 있어 선생이 몹시 아꼈는데 한고공이, "나는 병이 없으니 이 어른에게 드리는 것이 좋겠다."고 하셨다. 선생은 말이 떨어지자마자 즉시 대답하고 가져다 드리면서 조금도 불만스런 기색을 나타내지 않았다.

어머니 김부인은 성품이 몹시 엄격하였는데, 화를 내시기만 하면 선생이 앞으로 나아가 웃고 말하기를 백방으로 하다가 김부인의 노기가 풀리면 그만두었다. 선생 때문에 노하는 일이 있으면 엎드려 대죄하다가 노여움이 풀리신 뒤에 물러갔다. 김부인은 만년에 위가 허약한 병증이 있어 고기 음식이 조금이라도 부족하면 불편해하셨다. 선생은 3일에 개를 한 마리씩 잡고 그 사이에는 어육을 올려 봉양하면서 집안 형편을 따지지 않았다. 김부인은 역사에 박통하여 자질들과 더불어 성현의 일과 행적 및 지난 시대의 흥망을 이야기하기를 좋아하셨다. 선생은 매양 모시고 앉아 이야기하는 것을 즐거움으로 삼았고, 때로는 한글로 쓴 역사책을 널리 구하여 종종 몸소 읽어드렸는데 밤이 깊어도 게으르지 않았다. 김씨에게 시집 간 둘째누님이 일찍 청상이 되었는데 김부인은 하루라도 소식을 듣지 못하면 편안히 주무시지 못했다. 집과의 거리가 70리인데 선생은 종과 약속하여 매일 닭이 울면 갔다가 밤에 돌아오게 하기를 수개월간 하고나서야 다소 뜸하게 하였다. 김부인은 친정이 가난하여 부모의 기일과 묘사에 반드시 제수를 갖추어 선생 형제로 하여금 번갈아 가서 제사를 받들도록 했는데, 선생은 제수를 본가의 제수처럼 갖추어 감히 소홀하지 않았다. 김부인이 돌아가실 때, "내가 죽고 나면 친정 종손(從孫)도 형편이 다소 나아졌으니 내년부터는 그렇게 하지마라."고 하셨으나 선생은 오히려 3년을 더 그렇게 했다.

한고공이 잉어를 좋아하시니 선생은 감히 먹지 않았고 한고공이 돌아가시고 난 뒤에도 차마 먹지 못했다. 어버이가 모두 돌아가시고 나서 후학들에게 『시경』을 가르치다가 <육아(蓼莪)>편에 이르면 번번이 눈물을 흘려 해설을 할 수 없었다. 승희군은 사람들이 『시경』을 읽다가 이 편에 이르는 것을 보면 대신 가르쳐 주고 선생 앞으로 나가지 못하게 했다. 제삿날이 되면 아이처럼 사모하는 마음으로 슬피 울기를 늙어서도 그만 두지 않았다. 몹시 춥거나 더운 날에도 반드시 몸소 제

때에 제사를 모셨고 병이 들어도 부축을 받으며 제사를 모셨다.

정헌공을 어버이처럼 섬기고, 가정에서 스승을 모시는 즐거움으로 여겼다. 정헌공이 일찍이, "우리 문중 500년에 이 조카가 있다."고 하였다. 직접 <세덕첩(世德帖)>을 써서 선생에게 주면서 조상들의 유업을 발휘하고 펼치기를 권면하였는데, 정헌공이 돌아가시고 나서 매번 어루만지고 외우면서 한참을 오열했다. 정헌공이 남기신 글들을 여러 차례 교정하고 책으로 간행하지 못한 것을 안타까워했다.

아우가 한 명 있었는데 우애가 독실하여, 평생토록 화내는 말투나 낯빛을 한 적이 없었다. 만년에 한 방에 거처하면서 아우가 형을 두려워하여 위축되자 선생이 부드러운 안색과 온화한 말로 백방으로 다독거렸다. 아우가 시를 좋아하였는데, 선생은 한가로이 시 짓는 것을 즐겨하지 않았지만 종종 일부러 시를 지어 주고받으며 평론하는 것을 낙으로 삼았다. 맛있는 음식이 있으면 반드시 함께 맛보았고, 흉년이 들어 온 집안이 죽을 먹을 때도 반드시 아우를 불러 함께 먹기를 잊지 않았다.

이씨에게 시집간 맏누님이 몹시 가난했다. 선생은 해마다 곡식과 솜을 수확하면 반드시 누님 몫을 먼저 챙겨두었다. 김씨에게 시집간 누님이 청상이 되자 선생이 여러 차례 맞이하여 간곡하게 위로한 뒤 보내드렸으며, 양자 들인 생질을 거두어 가르쳐 성인이 되고서야 돌려보냈다. 이씨에게 시집간 셋째누님이 버섯을 잘못 먹고 갑자기 작고하자 선생은 평생동안 버섯 종류를 가까이하지 않았다. 종형 참봉공을 공손하게 섬겼는데, 일마다 여쭈어 도리에 심하게 어긋나지 않으면 반드시 따랐다. 인의(引儀) 벼슬을 한 종제 기상(驥相)이 일찍이 모진 병에 걸리자 선생은 하루에 네댓 번을 가서 보았는데 비록 밤이라도 반드시 바삐 일어나 갔다. 이렇게 하기를 여러 달을 했다.

　집안에 거처하실 때는 화평하면서도 정중하여 일찍이 경박한 용모를 볼 수 없었다. 규방은 엄숙하기가 조정 같았고, 수숙(嫂叔) 간에 엄격하여 비록 어린 제수라 하더라도 반드시 근엄한 얼굴로 떨어져 앉아 인사만 나눌 따름이었다. 숙모뻘이나 할머니뻘인 집안의 안어른들께도 설날에 한 번 문을 열어 뵐 뿐이었고, 질부들이 뵈면 반드시 옷깃을 여미고 단정히 앉아 잡다한 이야기를 나누지 않았다. 자매들과 함께 있을 때는 몹시 즐거워하였으나 역시 사이를 띄우고 따로 앉았다.

　종족에게는 은혜와 사랑을 온전히 하기를 힘써, 매번 문중의 모임이나 연회에서 화기애애하게 어울리고 즐겁게 담소하며 거리를 두지 않았다. 비록 함부로 대드는 자가 있어도 일이 지나가면 문득 잊어버리고 다시 오면 기뻐하며 막지 않았다. 일가 가운데 부부가 다 죽고 시집 못간 딸이 한 명 있는 집이 있었는데, 선생이 거두어 길러 혼처를 가려 시집보냈다. 집안과 문중의 자제들이 와서 배우기를 청하면 현우(賢愚)를 따지지 않고 기뻐하며 가르쳤다. 매일 새벽에 일어나 가르치기 시작해서 해가 기울고 기운이 다하여 목소리가 안 나오는 지경이 되어도 오히려 수고롭게 여기지 않았다. 매월 초하루에 친히 근태(勤怠)를 평가하고 차근차근 이야기하며 깨우쳤다. 항상 족인(族人)들과 더불어, "사람은 의리(義理)를 종자로 삼고 근졸(謹拙)을 혈맥으로 삼아야 한다. 화려하고 부귀한 것은 모두 말단이니 마른나무에 싹이 나더라도 뿌리를 벗어난 무성한 나무는 한 번 썩게 되면 곧 죽고 만다. 이 이치가 부절처럼 정확하니 어찌 두려워하며 힘쓰지 않겠는가!"라고 말하곤 했다.

　선생은 한 아들만 두었는데 재능과 자질이 크게 쓰일만 했다. 선생이 비록 몹시 아꼈으나 일찍이 언어나 표정으로 드러내지 않았다. 어렸을 때 백 줄의 문장을 외우게 하면, 하루 종일 놀고도 다음날 아침에 다 외우면서 자부하는 기색을 띠었다. 선생이 곧 꾸짖고 회초리로 때리면서, "겨우 외웠으나 이처럼 입에 설어서야 무슨 보탬이 되겠느냐!" 하였고, 자라서 사람들과 더불어 자유롭게 이야기하고 있으면 선생이 깊이 책망하며, "근본 없이 떠들면서 좋은 시절을 헛되이 보내고 있으니 품은 뜻이 없음을 알 만하다." 하였다. 살림을 대신 맡고 난 뒤에는 봉양을 제대로 못할까 걱정하여 자질구레한 일들에 마음을 쓰자 선생이 조용히 말하기를, "내가 거칠어서 너를 이 지경이 되도록 해쳤구나! 너는 '닭이 울면 일어나 부지런히 이익을 추구하는 사람이여, 이 누구의 무리인가!'라고 한 옛사람의 말을 생각해보거라." 하였고 이해관계로 고민하는 것을 보면, "이해를 따지게 되면 세상에 끄달리는 마음이 생겨난다." 하였으며, 일을 하다가 이루지 못하는 것을 보면, "머뭇거려서야 무슨 일인들 이룰 수 있겠느냐!" 하였다. 한 가지 일이나 한 가지 행동조차도 의리로 귀결되도록 하여 조금이라도 요행으로 사사로운 이익을 얻는 일이 없게 하고자 하였다. 승희군이 능히 민첩하게 날마다 노력하여 끝내 뜻한 일을 이룰 수 있었던 것은 모두 선생이 마음으로 깨우치고 몸으로 모범을 보였기 때문이다. 이상은 가정에서의 순수한 행실이다.

선생은 사귐의 범위가 매우 넓었다. 도의로써 사귀고, 문장으로 사귀고, 경륜과 기개로 사귀어 한 시대의 명사들이 많았다. 서로 더불어 오가며 절차탁마하는 것을 즐겨하여 지치지 않았으니, 혹 주장이 서로 다르거나 견해가 차이나는 경우가 있더라도 반드시 애써 분명하게 밝혀 도리를 깨닫기를 기다렸다. 고집스럽게 돌이키지 않는 경우에는 준엄한 말로 힘써 다투어 열 번을 되풀이하더라도 그만 두지 않았다. 마치 화기(和氣)를 손상할 듯하지만 일이 끝나고 말을 마치게 되면 빈 배처럼 편안하여, 긴밀한 정리와 조화롭고 겸손한 만남에 시종 흠결이 없었다. 혹 너무 과격하다고 나무라는 사람이 있으면, "그렇지 않다. 책선(責善)하는 붕우의 도리를 다하지 않고, 대충 서로 인정하거나 따지다가 서로 소원하게 되는 관계를 어찌 벗이라 할 수 있겠는가!" 하였다.

후배들 가운데 선(善)을 향하고 의(義)로 나아가는 자가 있으면 자신의 일 이상으로 기뻐했다. 의심스러운 글이나 어려운 일을 가지고 여쭈는 사람이 있으면 상세하게 분석하고 되풀이 말하는 것을 싫어하지 않았다. 경서를 들고 배우러 오는 자가 있으면 차근차근 일러주고 의리의 즐거움으로 인도하여 지향하는 바를 향해 나아가며 감히 게으르지 않도록 했다. 신오(薪塢) 김영규(金泳奎)는 박학하고 변론이 당당했는데 일찍이 기호학파의 이론을 독실하게 지키고 있었다. 선생과 더불어 누차 논쟁하다가 끝내는 기뻐하면서 말하기를, "공이 내 살림살이를 다 부수려 하는가. 이치에 맞는 말을 감히 따르지 않을 수 없구나!" 하고는 드디어 그 아들 기진(岐鎭)에게 명하여 가르침을 받도록 했다. 대체로 선생의 진실한 마음과 참된 이치가 사람을 감동시키는 것이 이와 같았다. 이상은 벗들과 사귀고 후생을 가르침에 한결같이 지극한 정성을 쏟은 일들이다.

마을에서 어울릴 때는 조화와 공경을 모두 지극하게 하였다. 일상의 언어들에서는 나이 많은 사람의 자를 부르지 않았고, 동배들을 군(君)이라고 부르지 않았다. 모임이 있으면 아프지 않은 한 반드시 참석하여 곡진하게 이야기했다. 경조사는 자신의 일처럼 여겼으며, 향약을 세우고 계를 만들되 반드시 착한 풍속을 일으키고 교화를 돈독히 하는 것을 근본으로 삼았다. 방자한 무리들이 함부로 대들더라도 따지지 않아, 오면 공손히 접대하고 가면 예로써 전송했다. 한평생 정치의 득실을 말하지 않았으며, 고을사람들이 모여 논의하는 장소에 나가지 않았다. 세금은 미루지 않았고, 관가의 힘을 빌리는 법이 없었다. 벼슬아치들의 선정비문을 짓지 않았고, 공적인 일이 아니면 관장(官長)을 만나지 않았다. 관장들 가운데 와서 정성을 보이는 자가 있으면, 해임되어 돌아갈 때를 기다렸다가 전별하는 장소에서 한 번 사례하였다. 성주의 백성들이 일찍이 소요를 크게 일으킨 적이 있었다. 목사를 핍박하여 쫓아내고 무리지어 마을로 들어와 장차 패악을 부리고자 했는데, 문득 서로 경계하기를 글 읽는 이생원 댁에는 들어가지 않도록 조심하라고 하였다. 이상이 고을에서 처신한 대략의 절도이다.

신분이 존귀한 사람과 어울릴 때는 더욱 조심했다. 참판 정현덕(鄭顯德)은 젊은 시절 가난하여 떠돌아 다녔는데, 선생이 강릉에 갔을 때 서로 친하게 지내 강과 바다를 유람하며 시를 주고받았다. 또 정헌공을 뵙게 하고 여러 차례 도움을 주었는데 정공이 후일 높은 벼슬에 오르자 선생은 일절 어울리지 않았다. 우의정 김유연(金有淵)이 일찍이 인사 담당자에게 선생을 적극 추천했다. 이윽고 정헌공을 만나 선생과 사귀기를 청하자, 선생은 숙소를 옮겨 피했다. 판서 김학성(金學性)이 사람을 통해 회갑시(回甲詩)를 선생에게 청하자 선생은 사양하면서, "나는 벼슬이 없는 사람인데 감히 재상을 위해 축하하는 문자를 지을 수 없다." 하였다.

선생은 늘 세상을 위해 큰일을 할 뜻을 품고 있었다. 과거에 응시하지 않는 것을 고상하게 여기지 않았으며, 또한 조금이라도 요행을 바라지 않았다. 판서 홍우길(洪祐吉)이 일찍이 주시관(主試官)이 되어 선생의 시권을 보고 탄식하여 말하기를, "발과 손을 수고롭게 하지 않으니 아깝다!" 하였다. [발로 뛰어다니고 손을 비비며 아부하지 않는다는 뜻] 이 때문에 일곱 번이나 책문으로 장원하였으나 끝내 등용되지 못했다. 정헌공께서 과거에 급제하고 60년이 지나 회방(回榜)을 맞이하였다. 전례에 따라 입시하여 토지와 노비를 하사 받는 의식이 있었다. 아들이나 조카 가운데 배종하는 한 사람은 벼슬을 받을 수 있었다. 의견들이 선생을 지목하였으나 선생은 병을 칭탁하고 가지 않았다. 이상이 교제의 엄격함과 지조와 실천의 확실함이다.

나라 안에 노론·소론·남인·북인의 당파가 있었다. 선생의 집안은 대대로 남인으로서 영남의 의론을 계승하여 지키고 있었으나, 피차간에 만날 때는 마음가짐이 극히 겸허하였으며 지론은 매우 공정했다. 일찍이 깃발을 세우고 당파를 옹호할 생각을 가진 적이 없었으며, 다른 당파의 글들도 두루 보고 객관적으로 취사했다. 오로지 진리를 추구할 뿐 우리 당이라 하여 옳다고 하고 다른 당이라 하여 그르다고 하지 않았으며, 이치를 따라 곧장 말할 뿐 에둘러 말하지 않았다. 도내에는 병호(屏虎, 서애 류성룡과 학봉 김성일의 우열)의 다툼이 있었고, 향내에는 청회(晴檜, 동강 김우옹과 한강 정구의 우열)의 갈림이 있었으나 선생은 일찍이 어느 한 쪽을 편들지 않고, 오로지 분열된 사람을 크게 화합시키고자 했다. 이상은 그 마음자리의 공정함과 사사로움에 미혹되지 않음이다.

부모가 돌아가신 뒤로 생업을 경영하는 일에 마음을 두지 않았다. 재물의 이익과 세속의 잡된 일에 담백하여 마치 알지 못하는 듯 했고, 세상 사람들이 우활(迂闊)하다고 해도 후회하지 않았다. 평생 동안 다른 사람에게 돈을 빌리지 않았는데, 서울에 과거보러 갈 때 가계가 궁핍하여 교리 종제에게 두 꿰미를 빌렸다가 돌아와서 땅을 팔아 갚았다.

특히 물리치고 받는 절도가 분명하여 티끌 하나라도 구차하게 하지 않았다. 일찍이 어떤 소작인이 스스로 둑을 무너뜨리고는 사태가 났다고 하며 한고공에게 헐값으로 2경(頃)의 논을 사들였다. 이웃 사람이 그 간교함을 간파하고 선생에게 제값을 돌려받기를 권하였으나 선생은 그 불가함을 고집하였다. 소작인이 듣고 부끄러워하였는데, 한고공이 돌아가시고 나서 세 두락의 논을 묘위답으로 바치며 지난날의 빚을 갚기를 청하였으나 선생은 끝내 제값을 쳐 주었다.

제자들이 일찍이 승희군과 함께 선생이 가르치던 곳에 계를 하나 만들고자 했다. 계안의 절목을 막 만들었을 때, 선생이 알고는 승희군을 불러 심하게 꾸짖기를, "동지들이 서로 어울리는데 어찌 별도의 계목이 필요할 것인가! 너는 허물을 가져와 나에게 주려는 것이냐."라고 하였다. 고을에서 드나들며 따르는 자가 선생의 가난을 민망하게 여겨 선생이 계신 곳에 계를 하나 만들어 아침저녁으로 머무르는 비용에 충당하고자 했다. 선생이 준엄하게 물리치면서, "때때로 나를 보러 오면 변변찮은 술로 즐기면 될 것을 어찌 계를 만들어 보낼 필요가 있겠는가."라고 하였다. 이상은 작은 이익에 뜻을 두지 않음과 의리를 살펴 처신함이다.

음식은 반드시 정갈하게 만들고 잘 익힌 것을 찾았고, 진귀하고 기름진 것을 좋아하지 않았다. 색깔이나 맛이 조금이라도 이상하면 먹지 않았고, 조리과정에서 조금이라도 덜 익은 것도 먹지 않았다. 집에서 기른 소나 염소·개·돼지는 먹지 않았고, 닭을 잡는 소리를 들었으면 먹지 않았다. 성품이 술을 좋아하였으나 사서 마시지는 않았으며, 집에서 담근 술이라도 반드시 절도를 지켜 약간 취기가 오르면 그쳤다. 일찍이 어떤 집에 이르러 색이 요란한 양왜(洋倭)의 도자기 술잔으로 술을 올리자 사양하고 마시지 않자, 사람들은 마실 생각이 없다고 여겼다. 조금 뒤 술이 다시 돌아, 일반 그릇에 따루어 드리자 선생이 비로소 가득 받으니 사람들이 그 뜻을 알게 되었다.

의복은 사치스럽고 화려한 것을 입지 않았다. 오직 성하고 정갈하며 따뜻하고 몸에 맞는 것을 위주로 하였으며, 겨울에 껴입지 않았고 여름에 홑옷으로 있지 않았다. 젊은 시절에 정재(定齋, 류치명)를 찾아뵙자, 정재가 사람들에게 말하기를 "이경(貳卿, 참판) 집안의 조카가 비단 저고리를 입지 않으니 가상하다."라고 하였다. 만년에 벼슬이 내리자 세속을 좇아 탕건을 쓰고 창의(氅衣)를 입었고, 옷은 솜옷을 입고 외국의 모직 제품은 입지 않았다. 평소에 거처할 때는 심의를 입고 치포관을 쓸 뿐이었고, 비록 병중이라도 관을 쓰지 않고는 문을 나서지 않았다. 자리 근처에는 화려한 물건을 두지 않았고 오직 예부터 전해온 편지꽂이와 벼루함, 서안, 요강 등 소박한 몇 가지뿐이었다. 오래된 벼루의 파인 면이 먹을 갈 수 없을 지경이었고 연적은 입이 깨어져 볼품이 없었으나, 선생은 대대로 전해온 물건이라고 하며 매양 아꼈다. 거처하는 곳이 일정하여 잠시라도 바꾸지 않았고, 배가 차가운 증상이 있으면 방을 닫아 막았지만 병풍으로 가리거나 요를 겹으로 깔지 않았다. 출입할 때 견여(肩輿) 타는 것을 좋아하지 않아 늙어서도 오히려 말을 탔으며 종을 2명 데리고 다니지 않았다. 손님이 되어서는 오래 머무르지 않았으니 비록 자매나 딸의 집이라도 까닭 없이 체류하지 않았다. 다른 마을에 들어갈 때는 반드시 먼저 두루 인사를 차리고 나서 휴식했다. 이상은 복식과 기거출입에 상도(常度)를 넘지 않은 것이다.

거처하는 방의 정면 벽에는 <야기잠도(夜氣箴圖)>를 걸어두었고, 자리 뒤에는 큰 글씨로 '성은 만 가지 거짓을 녹이고, 경은 천 가지 삿됨을 대적한다.[誠消萬僞, 敬敵千邪]'는 8자를 써 두었다. 오른쪽 벽에는 '고요히 앉아 희로애락이 발동하기 전의 기상을 살핀다.[靜坐觀喜怒哀樂未發前氣像]'고 써 두었고, 왼쪽 벽에는 '경하지 않음이 없으면 상제를 마주 대할 수 있다.[毋不敬可以對越上帝]'고 써 두었으며 그 아래에 다음과 같은 3쌍의 대련을 써 두었다.

至大至剛浩氣義之與配　　지극히 크고 강한 호연지기는 의로써 짝하고,
直上直下正理敬而無失　　상하를 관통하는 바른 도리는 경하여 지킨다.

橫竪說洞見大原　　　　　횡으로 보고 종으로 보아 큰 근원을 통찰하고,
坦易心常在順境　　　　　평탄한 마음으로 항상 순조로운 경지에 있는다.

勿把作高奇玄玅想　　　　높고 기이하며 현묘한 생각을 하지 말고,
且夯做平易白直工　　　　평이하고 명백하며 정직한 공부를 하라.

평소에 거처할 때는 반드시 책상다리를 하고 앉았고, 앉으면 단정했다. 고요한 곳을 만나면 엄숙하게 꿇어앉아 마치 큰 손님을 보는 듯했고, 피곤하면 또한 어깨를 꼿꼿이 세우고 꿇어앉았다. 밤에 누울 때는 잠옷을 여미어 몸이 드러나지 않았고, 비록 숙면 중이더라도 약간의 기척에 반드시 깼다. 설 때는 반드시 반듯하여 기울지 않았고, 걸을 때는 몸을 세우고 손을 모아 앞을 바라보며 천천히 나아갔으며 돌아보거나 얼굴을 움직이지 않았다.

평소에 거처할 때는 의도적으로 용모를 꾸미지는 않았으나 태만하지도 않았다. 손님을 만나 절하고 읍할 때는 반드시 공손하였으며, 용모를 정돈하고 상대하다가 시간이 지나면 안색을 화평하게 하여 즐겁게

어울렸다. 어른을 뵈면 반드시 공손한 모습을 하여 감히 함부로 하지 않았다. 예사(禮事, 서원의 향사 등의 일)가 있으면 공손하고 경건하며 장중하고 삼가기를 시종여일하게 하여 바꾸지 않았다. 상사에 임하면 관계가 먼 사이일지라도 반드시 슬픈 빛을 띠었으며 제사에는 숨을 죽이고 몸을 움츠려 마치 향하는 바가 있는 듯이 하였다. 평생토록 곁눈질 하거나 엿듣지 않았고, 경박한 말, 남몰래 의논하는 말, 모가 나는 말을 하지 않았으며, 다른 사람의 숨은 일이나 부녀자들의 과실 같은 일은 일찍이 입에 올리지 않았다. 말을 시작할 때는 어눌한 듯하면서도 울리는 소리로 가슴속에 있는 생각을 곧장 쏟아냈다. 고개를 들거나 숙이거나 돌아보거나 하지 않았고, 말을 마칠 때는 소리가 높으면서도 분명했다. 항상 말하기를, "말 꼬리가 낮으면 심기가 확고하지 않은 것을 알 수 있다."고 하였다. 일생 동안 침을 뱉지 않았는데 어떤 사람이 묻자, "내가 젊은 시절 가래가 많아서 그것을 참았더니 습관이 되어서 지금 뱉지 않게 되었다."고 했다.

무릇 원하는 것이 있어도 꼭 이루고자 마음을 쓰지 않았고, 혹 뜻하지 않은 일을 만나더라도 마음을 써서 없애려 하지 않았다. 성품이 기뻐하거나 노여워하는 일이 드물었고, 혹 그런 경우가 있더라도 안과 밖이 환하게 일치하였다. 일찍이 조금의 가식도 없었으며, 가슴속에 품어두는 일도 없었다. 자신과 관계된 두려운 일이나 걱정스런 일을 당해도 일을 겪고 나면 그만이었고, 밖에서 오는 화복 같은 것은 도리어 태연히 자신과 상관이 없는 듯하였다. 쓸데없는 생각을 하지 않았고, 일없이 나다니는 것을 좋아하지 않았으며, 한가롭게 시간을 보내지 않았다. 새벽이면 일어나 낯 씻고 머리 빗고 의관을 갖추어 사당을 배알하고 나서는, 곧 경서를 가르치거나 책을 보거나 글을 쓰거나 뜻을 풀이하거나 하면서 종일토록 지치지 않았다. 밤이면 조용히 앉아 묵묵히 사색하였는데 마치 숨조차 쉬지 않는 듯 고요했고, 일이 없으면 등불을 켜지 않았다. 혹 달 밝은 가을밤이나 여름날 시원한 바람이 불 때, 옛날에 읽었던 것을 낭랑하게 읊조리면 맑은 소리가 멀리 공중에 울려 퍼졌다. 밤이 깊으면 잠자리에 들었다가, 다시 일어나 옷을 갈아입고 소상(塑像)처럼 앉아 새벽이 되도록 성성(惺惺)하였다. 이상이 그 위의(威儀) 동작과 일상의 언행이 조금도 올바름에서 벗어나지 않음이다.

선생은 글씨를 쓰는 일에 별반 유념하지 않았으나 운필이 나는 듯했다. 자연스럽고 힘이 있으며 단정했고, 작은 글씨일수록 더욱 정묘하여 구슬을 꿴듯 하였다. 저술이 매우 많았지만 사람을 시켜 옮겨 적게 하지 않고, "글은 볼수록 고칠 곳이 있어 직접 쓰지 않으면 자세히 살필 수가 없다."고 했다. 어떤 사람이 만년의 정력을 아낄 것을 말하면, "나는 일이 없으면 도리어 정력이 손상되니, 기량이 익숙하면 피곤한 줄을 모른다."고 하였다. 젊은 시절부터 문장에 종사하여 『상서(尙書)』를 즐겨 읽었는데, 작문의 모범으로 여겨 외우고 익히기를 쉬지 않았다. 글을 지을 때는 인용과 비유에 능하였고 변화가 다단했다. 난삽한 구절과 어려운 글자를 많이 사용하여 다른 사람이 구두(句讀)를 뗄 수조차 없는 경우가 많았다. 약관(弱冠) 이후에는 "글이란 뜻만 전달하면 되는 것이다." 하고는 한결같이 평이하게 이치를 드러내는 것을 위주로 하였다.

과거의 문체도 익혀 극히 정련되었는데 생각이 이르면 샘이 솟듯이 순식간에 수천 자를 써내려가니, 우리나라에서 책문가(策文家)를 헤아릴 때면 반드시 손을 꼽았다. 사부(辭賦)와 경의(經義)도 과거장에서 이름을 날렸는데, 글을 짓는 자들이 서로 전하여 외우며 모방하면서 모두 자신들은 미칠 수 없다고 했다. 기문과 서문 등의 글은 길고 짧고 일으키고 끝맺고 하는 기교에 별반 뜻을 두지 않고 오직 곧장 펼쳐 의론을 통창하게 하였으나, 변화가 다단하여 의태(意態)가 다 드러났다. 혹자가 책문가의 말투에 가깝다고 나무라면 선생은 사양하지 않고, "묵은 기량이 남아 있어 그렇다."고 했다. 주고받는 편지글 등은 자세하면서도 적절하게 뜻을 다 전하면 그쳤고, 기이한 것을 힘쓰지 않았다. 혹자가 주소가(註疏家)의 기풍이 있다고 지적하면 선생은 또한 고개를 끄덕이면서, "내가 주소를 많이 보았으니 물드는 것이 당연하다."고 했다. 시를 지을 때는 성률의 법칙에 구속되지 않았으나 때로 경치를 묘사하고 회포를 기탁하면 맑고 호탕하며 곧장 천기(天機)가 드러나 저절로 법식에 맞았다. 사람을 애도하는 여러 문자들은 모두 참된 모습을 핍진하게 그려내어 시인문사(詩人文士)들이 잡다하게 읊는 것에 비할 바가 아니었다. 의리를 드러내는 저술들은 주제가 결정되면 자연스럽게 흘러나와, 막을 수 없는 기세로 문단마다 오묘함을 드러내어 더 이상 고칠 것이 없었다. 이상은 나머지 일[餘事, 실천에 힘쓰고 난 뒤에 하는 일]인 문사에 성정을 드러낸 것이다.

　뜻과 기상의 빼어남과 학문의 깊고 정밀함과 도로 나아가고 덕을 이룬 순서 등은 대롱으로 하늘을 보고 표주박으로 바다를 측량하는 식견으로는 그 끝을 알 수 없지만, 대체로 선생은 아이 때부터 천고(千古)를 넘어서는 기상이 있어 꺾이거나 치우치거나 나약하거나 위축된 뜻이 조금도 없었다. 천하 사물에 나아가 포괄하여 헤아리지 않음이 없었고, 고원하다고 하여 소홀하거나 자질구레하다고 빠트리지 않았다. 세상의 학자들이 지름길을 좇아 스스로 비루해지고 간편하고 쉬운 것을 스스로 기뻐하며 단점을 숨겨 모호한 것을 좋아하지 않았다. 매양 소강절(邵

康節의 "이목이 총명한 남자의 몸, 하늘이 주신 것이 부족하지 않다네. [耳目聰明男子身, 洪勻賦予不爲貧.]"라고 한 시구와 "일월성신이 높이 비추고, 왕도와 패도가 크게 펼쳐지네.[日月星辰高照耀, 皇王帝覇大鋪舒.]"라는 시구를 애송하였다.

경전을 읽을 때는 반드시 먼저 본문의 대의를 찾아 처음부터 끝까지 죽 훑어 결론을 얻은 뒤, 부스러기 말과 자잘한 뜻도 반드시 곡절을 다 살폈다. 그 뒤에 여러 주석들을 보고 참고하여 취사하되 성현의 본래 취지와 어긋나지 않기를 추구했다. 세속의 학자들이 거꾸로 후현(後賢)의 말을 가지고 곧바로 주장을 삼아, 끌어다 붙이고 고집하며 자신을 속이고 남을 속이는 것을 가장 꺼려했다. 일을 만나면 반드시 그 근원에서부터 이치를 분석하였다. 천리와 인욕을 구분해 분명하게 두 조각으로 나누어, 따를 것은 따르고 버릴 것은 버려 미혹되지 않았으니 처신에 힘을 소모할 필요가 없었다.

배우고 익히는 기쁨이 지극하여, 즐기면서도 부지런하기를 한 순간도 쉬지 않아 젊어서부터 늙음에 이르기까지 항상 하루 같았다. 무젖고 무르익어 두루 널리 통하여, 크게는 천지의 일과 작게는 불타고 남은 자취까지, 드러나지 않은 것으로는 음양귀신(陰陽鬼神)의 실상과 드러난 것으로는 이륜예악(彝倫禮樂)의 이름과 숫자까지, 가까이로는 심신성정(心身性情)의 참된 덕과, 멀리로는 고금흥망(古今興亡)의 큰 실마리까지 환하게 관통하지 않음이 없었다. 밝게 비추고 헤아려, 명백하여 흐릿하지 않았고 두루 운전하여 막힘이 없었다.

마음을 보존하여 잡생각에 골몰하지 않으니 덕을 기르고자 기약하지 않았으나 덕이 날로 두터워졌고, 기미를 살펴 사사로운 뜻이 끼어들지 않게 하니 신독(愼獨)을 기필하지 않았으나 신독이 날로 정밀해졌다. 행동으로 드러낼 때는 삿된 길로 빠지지 않으니 실천에 힘쓰지 않는 사람 같지만 행동이 어긋남이 없었고, 사업에 베풀 때는 물욕에 흔들리지 않으니 일 다스림에 뜻이 없는 사람 같지만 일이 어긋나지 않았다. 진실함이 쌓이고 힘씀이 오래되어, 마음과 이치가 무르녹아 하나가 되고 습관과 지식이 섞여서 합치되니, 일마다 맑고 분명하여 어그러짐이 없었다.

　선생은 일찍이 정자(程子)의, "덕을 기르기 위해서는 모름지기 경(敬)에 힘써야 하고, 학문을 진보시키는 일은 치지(致知)에 달려 있다."는 말을 학문하는 제일의 요결로 삼았다. 표본으로 삼은 그 말씀의 의미를 미루어 밝혀, "마음의 기운은 천일(天一)의 수(水)에서 생겨나고, 마음의 바탕은 지이(地二)의 화(火)에서 이루어지니, 물의 신은 지(智)가 되고 불의 신은 예(禮)가 된다. 지(知)는 지(智)의 덕이 마음을 전일하게 한 것인 까닭에 지(知)는 마음의 신묘함이 되고, 경(敬)은 예(禮)의 덕이 마음을 전일하게 한 것인 까닭에 경(敬)은 마음의 주인이 된다. 물과 불이 만나는 까닭에 지(知)와 경(敬)이 서로 의존하니 치지하면서 경하지 않는 경우는 없다."라고 하였으니, 정자의 취지를 깊이 얻음이 이와 같았다. 또 말하기를 "경을 실천하여 마음을 보존하고, 치지하여 의리를 정밀하게 한다."라고 하였는데, 실로 주자가 이른바 "태극이 한 번 움직이고 한 번 고요함은 나뉘어 두 물건이 되는 것이 아니다."는 말씀과 부합한다. 이상은 선생이 한 평생 이 학문에 종사하여 다른 학술이 없는 것이다.

　만물이 비록 번다하지만 모두 하나의 리(理)에 근원하고, 만사가 비록 분분하지만 모두 하나의 마음에 통제된다. 그러므로 선생의 학문은 한결같이 이 마음과 이 리를 따라 연역[順推]하여 내려가 큰 근본을 세우고, 경험적 인식[橫看]과 귀납법[倒推]으로 만물의 각각 다른 차이를 규명하였다. 뿌리 없는 나무가 되지 않고 눈금 없는 저울이 되지 않았으니, 그러므로 예의(禮儀)를 재단하여 고친 것이나 나라를 다스리는 법을 논술한 것은 모두 천리의 올바름에 근거하여 사람의 마음에 흡족한 것들이다. 헤아려서 더하거나 빼고, 다스려서 골고루 펼친 것은 규모가 완비되고 절목이 상세하여 모두 윤리의 기준이 되고 왕도를 돕는 것들이다. 그러므로 고루하고 왜곡된 선비들이 옛날의 방식에 연연하여 시대의 요구와 통하지 않는 것이나, 패업(霸業)을 도운 명사들이 말단인 공리에 부지런하여 근본에 어두운 것과 다르다.

『묘충록(畝忠錄)』에는 기존의 질서를 따르면서도 은연중에 개혁의 뜻을 기탁하였으니, 음악은 순임금의 것을 쓰면서 역법(曆法)은 하나라의 것을 쓰는 뜻이다. 임금을 사랑하고 시대를 걱정하는 생각이 초야에 있다고 해서 게을러지지 않았으되, 『주역』 중부괘(中孚卦)의 학이 울면 새끼가 화답하는 것과 같은 화답이 없었고, 은나라 고종(高宗)이 꿈을 꾸고 감동하여 부열(傅說)을 얻은 것과 같은 감동이 없었으니, 어찌 하늘이 이 나라를 구할 뜻이 없었던 것이 아니리오! 이런 것은 아는 사람들과 더불어 이야기할 것이요, 알지 못하는 사람과는 더불어 이야기할 수 없는 것이다.

선생은 시대를 격하여 나오는 호걸의 자질로 학문이 끊어지고 쇠퇴한 시대에 태어나서, 개연히 스스로 떨치고 일어나 숭고하고 원대한 뜻을 품고 진실하고 절실한 일을 하였다. 널리 통하고 민첩하게 깨닫는 재능을 가지고 각고의 노력을 하여 한 가지 재주로 이름을 이루고자 하지 않았고, 한 가지 착한 일로 명예를 얻고자 하지도 않았다. 일마다 이치를 살펴 공허한 이론을 추구하지 않았고, 의로움으로 호연지기를 기르되 억지로 조장하지 않았다. 널리 배워 요약해 나갔으며, 거친 것으로부터 정밀함으로 들어갔다. 진리를 깨닫고 나면 행동이 날로 확실해졌고, 수양이 독실해지면서 아는 것이 날로 넓어졌다. 나이 젊고 뜻이 날카롭던 시절에, 성인의 사업에 이르지 못할 것도 없고 천하의 일도 하지 못할 것이 없다고 생각했다. 장차 문장으로 드러내고 사업으로 공을 세워 위로는 임금의 정사를 돕고 아래로는 백성을 교화하여 포부를 펼치고자 하였으나, 일과 뜻이 어긋나고 세상과 도(道)가 어그러졌다.

이에 거두어 물러나서 묵묵히 자신을 닦아 여러 경전들의 뜻을 치밀하게 밝히고 백가의 글들을 저울질 했다. 본성과 천명의 미묘함을 궁구하고 사물의 본말을 탐구하여 마음으로 징험하고 글로써 드러냈다. 마음가짐이 지극히 진실하여 거짓이 없었으며, 도를 추구함에는 한결같아서 변함이 없었다. 경(敬)을 주장함에는 항상 깨어 있으면서 흔들림이 없었고, 비굴하거나 오만하지 않았다. 성(誠)을 보존함에는 스스로 노력하여 쉬지 않았으며, 작은 성실함으로 명성을 구하지 않았다. 이치를 분석할 때는 누에에서 실을 뽑듯이 조리가 정연했고, 의로움을 지킬 때는 만 마리의 소로도 되돌릴 수 없을 듯했다. 이해(利害)로 뜻을 빼앗을 수 없었고, 무력으로 굴복시킬 수 없었다. 그러므로 비꼬는 글에 구애되지 않고 행동하여 천리에 어긋남이 없었고, 쓸데없는 말들에 대꾸하지 않고 논설을 펼치니 항상 도의(道義)의 기준에 맞았다.

나이와 덕이 높아지고 학문과 이름이 이루어지자, 강강하던 성품이 혼후해졌고 발산되던 기상은 순후해졌다. 덕의 윤택함이 용모에 드러나고 일마다 부합하여 저절로 가릴 수 없었으나, 도리어 날마다 갈고 닦아 지식이 높을수록 더욱 새로워졌고 행동이 순수할수록 더욱 힘썼다. 겸손하고 겸손하여 항상 부족한 듯이 여겼고, 부지런히 노력하면서도 항상 미치니 못할까 걱정했다. 아마도 쉼 없는 천명과 무궁한 도체를 분명하게 보았기에, 한 호흡이 붙어있는 한 힘써서 감히 쉴 수 없었던 것이리라! 오호라, 지극하도다!

선생은 15,6세 때 스스로 산교(汕嶠)라고 호를 지었다. 산수(汕水, 조선에 있는 물 이름)의 동쪽 교산(嶠山, 문경새재)의 남쪽에서 태어났으나, 산수 하나에서 천하의 물을 다 알 수 있고 교산 하나에서 천하의 산을 다 알 수 있듯이 천하의 사물도 미루어 다 알 수 있다는 뜻이었으니, 대체로 박학(博學)에 뜻을 둔 것이다. 20세 이후에는 정와(定窩)라 했다. 지지유정(知止有定, 지선의 경지에 머물러야 함을 알아 흔들림이 없음)의 뜻을 취하여 자신을 반성한 것이다. 30세 이후로는 서재의 편액을 조운헌도(祖雲憲陶)라 써서 걸었는데, 운곡(雲谷, 주자)을 조술(祖述)하고 도산(陶山, 퇴계)을 본받는다는 뜻이다. 위로는 전성(前聖)에게 거슬러 올라가고, 아래로는 동방의 현자를 좇아 비로소 스승을 얻음이다. 만년에는 한주(寒洲)라 하였으니, 표방함을 없애고자 한 것이다.

선생은 처음에 순천박씨에게 장가들었는데, 충정공(忠正公) 취금헌(醉琴軒) 박팽년(朴彭年) 선생의 후손인 선비 기진(基晉)의 따님이다. 현숙하였으나 자식이 없었다. 재취부인은 흥양이씨인데 문간공(文簡公) 창석(蒼石) 이준(李埈) 선생의 후손인 호군 기항(起恒)의 따님이다. 음전하고 법도가 있어 덕성스런 배필이라고들 했다. 1남5녀를 두었는데, 아들이 바로 승희이니 유일(遺逸)로 천거되어 장릉참봉(章陵參奉)에 제수되었으나 나가지 않았다. 따님들은 풍산 류인영(柳仁榮), 영천 최성우(崔性宇), 김해 허숙(許塾), 창녕 성우영(成瑀永), 여산 송진형(宋鎭炯)에게 시집갔다. 참봉은 2남1녀를 두어, 아들은 기원(基元)과 기인(基仁)이고 딸은 인동 장시원(張是遠)에게 시집갔다. 류인영은 아들이 없고, 후취에게서 형우(馨佑)와 성우(聲佑)가 태어났다. 최성우의 양자 들인 아들은 우곤(旰坤)이고, 허숙의 아들은 종진(鍾鎭)이며, 성우영의 아들은 낙성(樂聖)이고, 송진형의 아들은 두호(斗浩)이다.

선생이 돌아가시고 어느덧 20여 년이 되었다. 세상의 모습이 날로 쇠퇴하여 이설들이 더욱 날뛰고 은미한 말씀들이 드러나지 않으며 대의는 점차 어그러지고 있다. 선생의 문하에서 심법을 선해 받은 노성한 학자들이 차례차례 작고하니, 참봉군이 선생의 정밀한 말씀과 은미한 심법을 후세 사람들이 알 수 없게 될 것을 걱정하여 나에게 여러 차례 행장을 부탁하였다. 돌아보건대, 나처럼 보잘 것 없는 사람이 선생의 버림을 받지 않고 외람되게 부지런하고도 은혜로운 가르침을 받았다. 의심난 것을 여쭈면 대답해 주고 <심역도(心易圖)>를 그려 보여주신 것이 『중용』과 <태극도(太極圖)>를 친히 가르쳐준 것에 못지않음에도 거친 재주로 힘쓰지 않아 이끌어 주신 은혜를 저버렸다. 거칠고 누추하여 세상과 어긋나고 병들어 죽어가는 지금, 어찌 선생의 깊은 쌓음을 드러내 밝힐 수 있을 것이며 아름다운 덕의 만분의 일이라도 형용할 수 있을 것인가!

다만 평소에 선생께 들은 것이 있으니, "옛 사람과 지금 사람의 학문이 차이가 나는 것은, 기(氣)는 쉽게 볼 수 있고 리(理)는 알기가 어렵기 때문이다. 리는 기를 떠날 수 없지만 또한 기와 섞이지도 않는다. 기는 때때로 악이 되지만 리는 어디를 가더라도 선하지 않음이 없다. 그러므로 천지의 조화나 성인의 마음은 반드시 리를 주인으로 삼고 기가 그 명령을 듣게 하여 어긋남이 없도록 하는 것이다. 그러므로 군자의 학문도 반드시 리를 위주로 하고 기에다 힘을 쏟지 않아야 한다. 거경(居敬)은 이 리를 보존하는 것이요, 치지(致知)는 이 리를 밝히는 것이다. 힘써 실천하는 것은 이 리를 따르는 것이요 극기하고 사특함을 막아 성을 보존하는 것은 이 리를 해치는 것을 제거하는 것이다. 리를 얻게 되면 기는 저절로 길러져서, 일상의 동정(動靜)과 기뻐하고 노여워하고 말하고 침묵하고 보고 듣고 생각하는 것이 저절로 천리의 흘러감이 아닌 것이 없게 되는 것이다. 성현이 도를 밝혀 후세를 깨우친 천만 마디 말씀의 결론은 주리(主理)뿐이다.

일찍이 이것으로 미루어보건대, 요순우(堯舜禹)가 주고받은 위태로운 인심(人心)과 은미한 도심(道心)의 뜻과, 그것을 정밀하게 살펴 올바른 도심을 한결같이 지키는 것과, 지나침도 모자람도 없는 중(中)을 지키는 것 등이 참으로 영원한 심학주리(心學主理)의 연원이며, 탕임금이 예로써 마음을 다스리고 의로써 일을 다스려 유일한 덕을 이룬 것이나, 문왕이 조심하고 공경하여 순수함이 끝이 없는 것도 모두 이 리인 것이다.

공자에 이르러 위로 여러 성인들의 도통을 계승하고 아래로 후세 학자들의 단서를 드리운 것이 또한 오직 일이관지(一以貫之) 뿐인 것이다. 이어서 안자의 극기복례(克己復禮), 증자의 명덕지선(明德至善), 자사의 대본달도(大本達道)·비은(費隱)·성명(誠明), 맹자의 성선(性善)·사단(四端)·진심(盡心)·존심(存心), 주자(周子)의 주정입극(主靜立極)·성통성복(誠通誠復), 정자의 함양오일(涵養吾一), 장자(張子)의 리일분수(理一分殊)가 모두 이 리의 참된 전함을 얻은 것이다.

주자에 이르러 또 옛 성인들의 심법을 미루어 밝혀 만세태평의 기틀을 열었으니, '마음은 사람에게 있는 천리의 전체이다.'라고 했고, '마음은 주재(主宰)이니, 주재라는 것은 바로 리이다.'라고 했으며, '마음이 비록 한 몸을 주관하지만 마음의 본체의 허령(虛靈)함은 천하의 리를 관할할 수 있고, 리가 비록 만물에 흩어져 있으나 마음의 작용이 미묘하여 애초부터 리가 한 사람의 마음 밖에 있는 것이 아니다.'라고 했다.

우리 동방에 이르면 퇴계 이자(李子)께서 실로 주자의 전함을 얻어 <심통성정도(心統性情圖)>를 그려, 중도(中圖)와 하도(下圖)에 극진하게 뜻을 밝혔다. 중도는 바로 자사의 대본달도이고 맹자의 성선과 사단의 취지이며, 하도는 곧 요순우의 인심도심의 뜻과 그 아래 정일집중(精一執中)의 공부이니 결론은 또한 주리에 있을 뿐이다. 이것은 여러 성현들이 서로 전한 것으로 요지는 리 한 글자를 벗어나지 않는다. 배우는 사람은 마땅히 들어갈 곳을 살펴, 단서를 더듬어 뿌리를 찾고 가까운 곳에서부터 먼 곳으로 나가야 할 것이다."라고 하셨다.

그러므로 선생은 항상 말씀하기를, "공자를 배우고자 하면서 먼저 주자에게 찾지 않으면 문으로 들어갈 수 없고, 주자를 배우고자 하면서 먼저 이자(李子)에게 찾지 않으면 그 계단으로 나아갈 수 없다."라고 했다. 그리하여 선생은 일생동안 주자와 퇴계의 글에 힘을 쏟아, 차 마시고 밥 먹듯이 읽었고 자신의 말처럼 외우셨다. 작은 차이조차도 분별하여 실로 꿰듯이 조리가 분명하니, 즐거워하며 늙음을 잊은 것은 대대로 전해져 온 이 리에 대한 믿음이 독실하고 참된 깨달음이 있었기 때문이다. 지금 주장을 세워 후세 사람에게 주신 것이 하나라도 주자와 퇴계에게 근거하지 않음이 없어, 분명코 주리(主理)의 올바른 학문이다. 오호라! 옛 성인이 다시 일어날 수 없으므로 장차 백세를 기다려 물어야 할 것이다. 내가 어찌 사사로이 아부하는 것이겠는가! 대략의 전말을 삼가 적어 후세 사람들이 취하여 살펴보기를 기다릴 뿐이다.

조운헌도재기祖雲憲陶齋記

대계(大溪) 이승희(李承熙) 지음
이세동 옮김

조운헌도(祖雲憲陶)라는 재사(齋舍)의 이름은 나의 선고이신 한주선생께서 지으신 것이다. "마땅히 공자를 배워야 하지만, 공자를 배우려면 반드시 요순(堯舜)을 조술(祖述, 기준으로 삼아 발전시킴)하여 멀리 도(道)의 기준으로 삼고, 문왕과 무왕을 헌장(憲章, 규범으로 삼아 본받음)하여 그 법도를 지켜야 한다. 공자 이후로 유학의 도를 드러내 밝힌 분으로는 운곡(雲谷, 주자)이 기준이 되고, 주자 이후로 만들어진 법도를 공손하게 지켜 친근하고 쉽게 알도록 한 분으로는 우리 도산(陶山, 퇴계)이 계시다. 그러므로 오늘날 공자를 배우려는 자들이 먼저 운곡을 조술하여 그 도를 따르고, 도산을 헌장하여 그 법도를 본받는다면 아마 의지할 곳이 있게 되어 어긋나지 않을 것이다."라고 하고는 드디어 결연히 평생의 심법(心法)으로 삼으셨다.

도를 논할 때는, 근본이 되어 주재(主宰)하는 리(理)를 밝히고 주기론자

(主氣論者)들이 리와 기를 동시에 주재로 삼는 병통을 깊이 변척(辨斥)하여 주자와 퇴계의 취지를 드러내셨다. 말씀과 일로 나타낼 때는 반드시 주자와 퇴계에게 근거하여 하셨으며, 여러 경전과 후세 학자들의 글을 낱낱이 분석할 때도 주자와 퇴계의 글에 대해서는 특별히 정성을 쏟으셨다. 여러 차례 학자들과 토론하여 두 분의 편지글을 선별 분류해『운도정전(雲陶正傳)』을 만들고, 장절(章節)을 나누어 제자들을 가르치셨다.

일찍이 외사촌 김공[金馨直]에게 옥사자 인장을 얻어 '조운헌도(祖雲憲陶)' 네 글자를 새기고 보배로 간직하셨다. 또 사람을 시켜 서세의 편액을 쓰게 하여 스스로 표방한 바를 드러내고, 장차 산수간에 재사를 지어 배우는 자들과 함께 학문을 강마하고자 하셨으나 궁핍한 형편 때문에 이루지 못했다. 승희가 일찍이 문하의 여러 분들과 계를 만들고 재물을 모아 이 일을 하고자 했는데, 불초가 미루는 사이에 하늘이 돌보지 않아 집안과 나라에 화액(禍厄)이 덮쳤다. 본댁 옆에 터를 잡고 규모를 계획해 두었으나 갑자기 다시 곤경을 당해 결과를 짐작할 수 없게 되자, 맏아들 기원(基元)에게 맡겨 내가 죽기 전에 이루기를 바랐다.

오호라! 주자와 퇴계의 도는 밝고 법은 바르니, 후세에 배우는 자들이 누가 조술하고 헌장하지 않을 것인가! 그러므로 조운헌도재는 한 나라의 공적인 건물이 될 수도 있고, 크게는 천하의 공적인 건물이 될 수도 있는 것이다. 그러므로 나의 선고께서 이 뜻을 드러내어 이름 지으시고, 평생을 이 이름을 따라 사시고, 또 이것으로 후세를 가르치셨으니, 이것이 조운헌도재가 된 까닭이다. 불초가 학문이 부족하여 선고께서 조술하고 헌장하신 오묘한 이치를 알지는 못하지만, 깨고 자고 마시고 먹고 하는 모든 일상을 늘 이것과 함께 하시어 정신으로 터득하고 몸으로 실천하신 글과 자취는 남아 있다. 후세 사람이 능히 우리 선고의 마음으로 재사에 거처하며 능히 그 마음으로 조술하고 헌장하여 주자의 정론(定論)에 위배되지 않는 대도를 강구하고 말 한마디 행동 하나도 퇴계의 후학답게 한다면 우리 공부자(孔夫子)의 도와 법도 조술하고 헌장할 수 있게 될 것이다.

　이곳은 나의 선고의 재사이다. 아아! 우리 뒷사람들이 천하후세로 하여금 대한(大韓)의 남쪽, 성산(星山)의 북쪽, 영축산의 발꿈치, 대포(大浦, 한 개마을)의 꼭대기에 한 집이 있어, 가로 세로 각각 3칸이 정(丁)자 모양을 이루고 뒤에는 연못이 있으며 왼쪽 옆에는 돌과 바위가 층을 이루고 있는 곳이 옛날 우리 선고께서 주자를 조술하고 퇴계를 헌장하여 심법(心法)을 깃들인 곳임을 알도록 할 수 있을 것인가!

삼봉서당기 三峰書堂記

면우(俛宇) 곽종석(郭鍾錫) 지음
이세동 옮김

한주선생께서 돌아가시고 10년 뒤 을미년(1895)에 문집이 이루어지고, 다시 2년이 지난 정유년(1897)에 삼봉서당(三峰書堂)이 완성되었다. 오호라! 선생의 심학(心學)이 장차 후세에 전해지고 지켜지려는 것인가!

삼봉(三峯)은 성주읍 동쪽 10리 지점에 있는데, 아래로 개양(開陽)의 들판을 굽어보고 있다. 높고도 넓으며 곱고도 단정하여 마치 나는 새들이 땅위에 내려앉는 듯하고, 멀리서 바라보면 아지랑이 같은 기운이 푸른빛을 발하여 광택이 손에 잡힐 듯하다. 북쪽에서 흘러오는 물이 백천(白川)이고 서쪽에서 흘러오는 물이 이천(伊川)인데, 힘차게 흘러 삼봉을 감돌고 동남에서 만나 한포(寒浦)가 되어 서서히 낙동강으로 달려가니, 속언에 이수삼산(二水三山)이라고 하는 것이 이것이다. 동쪽으로 선생의 본댁은 2리에 불과하다.

선생이 살아 계실 때, 아들 승희군이 이곳에 원림(園林)을 가꾸어 산에는 소나무를 심고 둑에는 버들을 심었으며, 들에는 밤나무를 심고 그 사이에는 뽕과 삼, 벼와 콩을 심었다. 선생께서 즐거워하였으니, 정자를 지어 노년을 보낼 생각을 하셨음을 지금 문집에서 살필 수 있다. 그러나 선생은 심신성정(心身性情)의 문제에 힘쓰고 천지만물의 이치를 연구하여 여러 성인들의 뜻을 밝히고 후세에 영원히 전하는 일에 마음을 쓰느라 외물의 즐거움에는 겨를이 없었고, 또 탐탁해하지도 않으셨다.

이윽고 선생이 돌아가시자 승희군이 늘 이것을 가슴아파하다가, 문집 간행의 일을 마치고 삼봉의 앞면 기슭에 돌을 깎고 흙을 쌓아 터를 닦았다. 3가5칸(三架五間)의 건물을 세워 기와를 이고 흙을 바르고 섬돌을 만들었는데 화려하지도 누추하지도 않았으며 높낮이도 적당했다. 세 칸을 마루로 만들어 심원당(心源堂)이라는 편액을 걸고, 왼쪽 방은 성존실(誠存室), 오른쪽 방은 경거재(敬居齋)로 이름하여 전체를 삼봉서당(三峯書堂)으로 편액하였다. 마당의 끝에 문을 세우고 들판의 이름을 따서 개양문(開陽門)이라 이름 붙였는데, 심원당이 또한 서남을 등지고 동북을 바라보는 자리여서 빛이 열리는 방향이었다.

오호라! 선생의 심학(心學)은 한 근원의 참됨을 극진히 하고 본체의 영묘함을 발라내어, 결단코 주리(主理)를 종지로 삼고 성(誠)을 마음의 실덕(實德)으로 여겼으며 경(敬)을 마음의 주재(主宰)로 여겼다. 그 천리가 왕복순환하는 가운데 성을 보존하고 경으로 살피는 것이 태극(太極)이 동정(動靜)하는 오묘함과 부합하지 않음이 없으니, 이 이론을 천지간에 세우고 후대의 성인을 기다리더라도 어긋나지 않고 흔들리지 않을 것이다. 그러나 선생은 일생토록 초야에 묻혀 이 마음을 한 시대에 널리 펼치지 못하고 오직 바다와 같은 글로 심법(心法)을 남기셨다. 제자와 후배들이 서로 머리를 맞대어 밝히고 삼가 지켜 후세에 전하고자 함에 우러러 의지할 곳이 없을 수 없으니 이것이 이 서당을 급히 짓지 않을 수 없는 까닭이다. 또한 반드시 평소에 만나 뵙듯이, 행차가 이르시듯이, 빛나는 말씀을 받들듯이 하고자 하는 까닭이기도 하니, 동쪽으로 소통(小通)의 언덕을 바라보면 묘소가 몹시 가까워 마치 아침저녁으로 이 곳에 혼령이 오르내리시는 듯하다. 비록 그렇지만 승희군이 유업을 이어 세우는 일에 정성과 사려를 다하지 않았다면 어찌 계획하고 경영하여 지금 이곳에 우뚝하게 세울 수 있었으랴!

아아! 지금은 세상이 그늘지고 어두워졌다. 선생께서는 일찍이 역상(易象)을 논하면서 존양억음(尊陽抑陰)의 뜻을 누누이 밝히셨다. 그러므로 이 서당에 오는 자가 만약 문을 들어서면서 '개양(開陽)'의 뜻을 깨달아 두려운 마음으로 공경하여, 삿되고 편벽되며 시기하고 아부하는 습성을 씻어내고 빛나고 굳세며 크고 바른 기상을 확충한다면 밤과 낮, 사람과 귀신, 왕도와 패도, 중화와 오랑캐, 의로움과 이로움, 선과 악에 대한 판단에 있어 생각이 반 이상 분명해질 것이다. 또 성존실과 경거재에 모이고 거처하는 자들은 충신돈독(忠信惇篤)함으로써 이치를 따르는 터전을 세우고 감히 한 터럭이라도 삿됨과 거짓이 섞이지 않게 해야 할 것이고, 장숙제일(莊肅齊一)함으로써 이치를 밝히는 근본을 세우고 감히 잠깐이라도 게으름이 끼어들지 않게 해야 할 것이다. 그리하여 경(敬)이 확립되면 앎이 투철해질 것이고, 성(誠)이 확립되면 마음과 행동이 일치하여 스스로 흡족하게 될 것이다. 이것이 바로 선생의 심학이 무궁토록 전해지고 지켜지는 것이니, 이 서당의 도움이 없지 않을 것이다. 오호라! 서로 더불어 힘쓸진저! 서당이 낙성되고 나서 승희군이, 내가 선생에게 배운 지가 오래되었다고 하여 인방을 장식할 글을 청하기에 내가 사양할 수 없었다.

삼봉서당 상량문三峰書堂上樑文

회당(晦堂) 장석영(張錫英) 지음
이세동 옮김

天不喪斯文	하늘이 사문을 없애지 않으사
道學復明於衰世	말세에 도학이 다시 밝았네.
地皆有精彩	땅에는 온통 정채가 넘쳐
棟宇新煥於靈區	영험한 이곳에 새 집이 빛나도다.
勖哉吾黨之人	힘쓸지어다, 우리 선비들이여!
猗歟先師之躅	거룩하도다, 스승의 발자취여!
恭惟寒洲李先生	공손히 생각건대 한주이선생은
應左海之文運	해동의 문운에 부응하시어
挺南服之人豪	영남의 큰 인물로 태어나셨네.
樂有父兄賢	어진 부형 계시어 즐거웁더니
啓發於凝翁法訓	응와(凝窩) 선생 훈계말씀 길을 열어 주셨네.
早見天人妙	일찍이 천인의 오묘한 이치 보시고

就正於定老講筵   정재(定齋) 선생 강석에 나아가 바로잡았네.

得其要於陶山之圖   퇴계 선생 그림에서 요점을 얻어

明混淪分開之妙   혼륜과 분개의 오묘함을 밝히셨네.[1]

會其極於考亭之說   주자의 말씀에서 정수를 모아

辨初晩先後之殊   초년설과 만년설을 분변하셨네.

綜要著性命之源   이학종요 지으시어 본성 근원 밝히시고

闢世儒主氣之學   세상 유자 주기론을 물리치셨네.

畝忠發經綸之蘊   묘충록 지으시어 경륜의 뜻 펼치시고

擬國家正界之謨   국가를 바로잡을 계책을 세우셨네.

梳洗磨勘   빗질하고 씻어내고 마무리하여

承百年絶學之緒   백년토록 끊어진 학문 실마리를 이으셨네.

淵深浩博   깊고도 넓으사

拓一世大方之門   한 시대 큰 학자의 문호를 여셨다네.

積中身飽飫之工   한 몸에 쌓은 공부 넉넉하여서

氣像純熟   기상이 순수하고 무르익었네.

得英材敎育之樂   빼난 인재 얻어서 가르치는 즐거움

師道尊嚴   스승의 도리 높고도 엄숙하셨네.

由淸涼而陟毗盧   청량산 거쳐 비로봉에 오르사

驗道體之峻極   도체의 높고 큼을 체험하셨네.

登方丈而泛錦海   한라산에 오르고 남해에 배를 띄워

悟大眼之豁開   큰 경계 툭 틔어 깨달으셨네.

無復望於濟世安民   제세안민 품은 뜻 펼칠 수 없더니

---

1) 혼륜은 리(理)와 기(氣)를 횡적(橫的)으로 종합하여 보는 성리학 이론이고, 분개는 리와 기를 종적(縱的)으로 구분하여 보는 이론이다.

吾衰已甚	어느덧 몹시도 늙어버렸네.
獨苦心於扶正斥異	오로지 위정척사 마음을 다해
斯道自任	이 도를 전하기를 자임하셨네.
伊川有被髮之歎	이천에서 피발보고 탄식했거니[2]
電桿遙馳於千里	전선(電線)이 천리밖에 치달아 오네.
衡宇審容膝之易	무릎을 둘 집이면 편안하거니
雲林將卜於一區	구름 덮인 숲 속에 터를 점쳤네.
惟彼三峯之粧占	저 삼봉에 자리 잡고 집을 꾸미니
乃亦四世之營構	이 또한 사대(四代)에 걸쳐 경영함일세.
幷秀蘇家之假木	소순(蘇洵) 집안의 목가산(木假山)처럼 빼어나니[3]
感懷曾新於誄章	만사 올릴 때보다 감회가 새롭다네.
摠把陳老之華峯	진단(陳摶)[4]의 연화봉(蓮華峯)을 모두 가져다
境界已定於詩什	경계를 이미 시편들에 정해 두셨네.
秋綺春錦	봄가을 비단 같은 경치를
付幹蠱於佳兒	훌륭한 아들이 잇기를 부탁했네.
月榭風楹	달밤의 누대와 바람 부는 난간이
貯增賁於勝地	빼어난 이곳에 빛을 더했네.
嗚呼山梁遽折	오호라 산 무너지고 들보 꺾이니
諸生抱安仰之悲	제생들 우러를 곳 없어 슬퍼하였네.
況乃干戈繼興	하물며 병란이 연달아 일어나니

---

2) 피발은 머리를 풀어헤친 것이다. 주나라 평왕(平王)이 수도를 낙양으로 옮길 때 주나라 대부 신유(辛有)가 이천(伊川) 가의 들판에서 머리를 풀어헤치고 제사 지내는 사람을 보고, "백 년도 되기 전에 이곳이 오랑캐 땅이 되겠구나!" 하고 탄식한 고사.

3) 북송의 문호 소순(蘇洵)의 집안에 풍상을 견디고 산처럼 자란 나무 세 그루[三峰]를 옮겨 심어 목가산(木假山)이라고 한 고사.

4) 진단(陳摶, 871~989)은 북송의 도사로 화산(華山)의 연화봉(蓮華峯)에 은거하였다.

擧世有奔竄之患	온 세상 사람들 도망가고 숨었다네.
慨然穹壤	슬프다 천지간에
無地羹牆之寓懷	그리운 회포 부칠 곳 없었다네.
相彼川原	저 시냇가 언덕을 살펴서
盍謀堂宇之繼志	집 지어 뜻 이을 계책 없으랴!
草木之昭回	초목이 다시 꽃을 피우면
尙被遺芬可尋	남기신 향기 찾을 수 있다네.
棟桷之制度	용마루 서까래 그 규모는
得宜塗墍乃肯	칠하고 흙 바르기 알맞았다네.
遂玆衆工之鳩集	드디어 뭇 장인 불러 모아서
居然華構之翬飛	우뚝하니 날아갈 듯 집을 지었네.
中央揭心源之楣	가운데에 심원당 편액을 걸어
闡至論於兼氣卽理	기를 겸한 이치를 지극하게 드러냈네.
左右列誠敬之室	성존실 경거재 좌우로 벌려 놓고
證舊銘於消僞敵邪	성소만위 경적천사 좌우명을 증명했네.[5]
玄封密邇於隔岡	산마루 하나 건너 산소가 계시니
想仰精靈之陟降	오르고 내리시는 혼령을 우러르리.
蒼厓俯臨於大野	푸른 산이 넓은 들을 굽어보고 있나니
宛奉杖屨之逍遙	거니시는 그 자취를 완연히 모시는 듯.
宛委藏著述之書	지으신 글 완위(宛委)[6]에 갈무리하여
俟百世而可質	백세를 기다린 뒤 물어보리라.

5) 성소만위(誠消萬僞)는 성(誠)은 만 가지 거짓을 녹인다는 말이고 경적천사(敬敵千邪)는 경(敬)은 천 가지 삿됨을 대적한다는 뜻이니 한주의 좌우명이다.
6) 완위(宛委)는 전설 속에 나오는 산 이름인데 우임금이 이곳에서 금간옥자(金簡玉字)의 책들을 얻었다고 한다.

名區有登覽之躅	아름다운 이곳에 오르신 자취
環一省而共尊	한 지역이 다함께 높이 받들리.
千峯萬壑訪虹橋	천봉만학 더위잡아 무지개다리 건너서
後學不迷於正路	후학들 바른길 찾아 헤매지 않으리.
光風霽月講太極	광풍제월 그 풍도로 태극을 말씀하사
多士同歸於新亭	뭇 선비 이곳으로 함께 오리라.
皓天必返於千秋	하늘 운수 천추에 반드시 돌아오리니
勉弟子而勿怠	제자들 노력하여 게으르지 말지라.
高山不虧於一簣	한 줌 흙이 모자라도 높은 산 못되니
仰聖賢而可希	성현을 우러러 본받고자 노력하세.
聊憑百尺之梁	백 척의 대들보에 의지하고서
繼進六偉之頌	상량노래 여섯 곡을 이어서 올리도다.

兒郎偉	어영차
抛梁東	대들보 동쪽으로 던지니
峯頭寒月古今同	산머리 찬 달빛 예나 지금 마찬가지.
岡翁門下傳心法	한강선생 문하에서 마음법을 전하시니
學海淵源在此中	바다 같은 그 학문의 뿌리가 여기 있네.
抛梁西	대들보 서쪽으로 던지니
三峯秀色入簾低	삼봉의 빼난 경치 주렴으로 들어오네.
山蹊忽斷彌高仰	산길 홀연 끊어져서 더욱 높이 우러르니
爲有奇觀盡力躋	기이한 경치 있거니 힘을 다해 오른다네.
抛梁南	대들보 남쪽으로 던지니
曲曲川流萬象涵	굽이굽이 흐르는 물 삼라만상 잠겨있네.

水到船浮應有日	물이 차면 배 뜨는 날 응당 있으리니
莫敎渣滓攪眞湛	찌꺼기가 맑은 물을 흐리게 하지마라.
抛梁北	대들보 북쪽으로 던지고
煙雨長郊望眼極	이내 낀 긴 들판을 끝없이 바라보네.
歎息乾坤長夜昏	건곤이 흐려져서 긴 밤 됨을 탄식거니
光明何日氣機息	광명의 기미야 언제인들 없을손가!
抛梁上	대들보 위쪽으로 던지고
碧落迢迢星斗仰	푸른 하늘 아득한 별 우러른다네.
願蹋空樓浩蕩中	원컨대 넓은 하늘 누각에 올라가서
天根月窟開眸暢	천근월굴[7] 바라보며 시야가 열리기를.
抛梁下	대들보 아래로 던지니
半畝方塘庭際瀉	반 이랑 연못물이 뜰 끝에서 넘쳐나네.
夢夢後學賴誰明	몽매한 후학들이 누굴 의지해 밝아지랴
一鑑千秋光影射	천추의 그 거울에 빛 그림자 쏟아지네.
伏願上梁之後	엎드려 원하기는 상량한 그 뒤에는
華堂永鞏	이 집이 영원토록 견고하여서
儒風復明	유풍이 다시금 밝아지기를!
去智洗心	지모(智謀)를 버리고 마음을 씻어
無獲罪於師訓之正	스승의 바른 가르침에 죄를 짓지 말기를!
造髦成俗	인재를 만들고 풍속을 이루어
庶有補於蒙養之功	학도를 가르치는 일에 도움이 있기를!
日星不可以晦盲	해와 별이 어두워질 수 없듯이

---

7) 천근월굴(天根月窟)은 북송의 학자 소옹(邵雍)이 제시한 역학(易學)의 이론으로 음양의 조
  화를 말한다.

千載明性理之學　　천년토록 영원할 성리학을 밝히셨네.

川岳并有所拱護　　강산이 옹위하여 보호하리니

一邱保藏修之區　　한 구비 학문의 전당 영원하리라!

심원당기心源堂記

대계(大溪) 이승희(李承熙) 지음
이세동 옮김

심원당(心源堂)은 삼봉서당(三峯書堂)의 정당(正堂)이다. 선군(先君, 돌아가신 아버지)의 만년에 불초 승희(承熙)가 북산리(北山里)에 땅을 사서 정자를 지었는데, 전서(篆書)의 심(心)자 형국이므로 드디어 이 편액을 걸었으나 선고가 돌아가시고는 불초가 소유하지 못했다. 금상 32년 을미년(1895)에 남쪽 고을의 선비들이 선군의 유문을 간행하고 정유년(1897)에 삼봉(三峯)의 동편에 터를 잡아 당우(堂宇)를 지었으니 선군의 발길이 미친 곳이다. 이에 이 편액을 옮겨 걸어 선군이 자취가 남은 곳임을 드러내었다.

우리고을 경계에 있는 수도산(修道山)이 동으로 100리를 달려 자양산(紫陽山)이 되고, 다시 두 줄기 냇물을 끼고 동으로 20리를 가면 삼봉이 우뚝 솟아 이곳에서 물길이 합쳐져 구비진다. 말하는 사람들이 그 산수의 필획을 살펴보고는 역시 예서(隸書)의 심(心)자형이라고 한다. 이 서당을 지을 때, 은군(隱君, 은거하는 선비) 장순화(張舜華, 장석영의 자)가 상량문

을 짓고 징군(徵君, 벼슬로 불렸으나 나가지 않은 선비) 곽명원(郭鳴遠, 곽종석의 자)
이 기문을 지었는데 사물과 일을 헤아려 서술한 내용이 모두 증거가
있었다.

승희(承熙)가 생각건대, 마음[心]은 주재(主宰)의 리(理)이며 우주만물의
근본이다. 천지가 천지가 된 까닭과 만물이 만물이 된 까닭이 모두 이
마음 때문이며, 사람은 또 천지만물의 중심이 되어 하늘이 만물을 덮
고 땅이 만물을 실어준 그 사이에서 주재(主宰)하고 있다. 상고의 성왕(聖
王)들께서 번갈아 일어나시고 이어서 공자(孔子)와 정자(程子)·주자(朱子)
및 우리 동방의 여러 군자들께서 거듭 나시어, 이 마음으로 인의예지(仁
義禮智)의 본성을 따르고 시서(詩書)를 서술하였으며 예악형정(禮樂刑政)과
역(易)·춘추(春秋)를 베풀어 천하만세를 주재하셨다. 세도(世道)가 점차 몰
락하여 심학(心學)이 어두워져 굴신취산(屈伸聚散)하는 음양(陰陽)의 기(氣)가
주재의 본체를 대신하는 지경에 이르자, 선군께서 이를 걱정하여 주재
의 오묘함을 드러내고 이 마음의 본원을 밝히셨다. 요컨대, 이 마음이
스스로 주재가 되어 만물을 재량하고 만물의 변화에 응수함을 후세에
밝게 보이신 것이다.

아! 이 학문이 끝내 어두워질 수 없는 것이 아마 천지의 마음인가보
다. 지형이 우연히 부합하는 것으로 당의 이름을 이루게 되니, 혹 뜻하
지 않았으나 저절로 그러한 바가 있는 것인가! 바라건대 이 마루에 오
르는 자는 능히 이 마음으로 나의 마음을 삼아 위로 대원(大源)이 근본
이 있음을 궁구하고 아래로 묘용(妙用)이 정해진 틀이 없음을 다하여 우
리 유가의 심학(心學)을 천지간에 크게 밝혀 이 당의 이름을 빛나게 해
야 할 것이다.

행록行錄

대계(大溪) 이승희(李承熙) 지음

이상하 옮김

조부 진사부군(進士府君)은 문장이 해박하고 흉금이 넓었으며, 게다가 음덕(陰德)을 베풀기를 좋아하고 이익을 꾀하거나 명예를 얻는 데 뜻을 두지 않았다. 오직 문사(文史)와 산수(山水) 및 어진 사우(士友)를 매우 좋아할 뿐이었다.

조모 김부인(金夫人)은 성품이 방정하고 엄격하여 예법(禮法)이 있었고 게다가 경사(經史)에도 밝아 자녀를 의방(義方)*으로 가르쳤다. 고모부 이공(李公) 휘철(彙徹)과 송공(宋公) 인호(寅濩)가 늘 말하기를 "선친의 성기(性氣)가 온화하고 평이(平易)한 곳은 왕고(王考)를 닮았고 방정하고 엄격한 곳은 조비(祖妣)를 닮았다." 하였다.

> *의방(義方) : 춘추시대 석작(石碏)이 "신은 듣건대 자식을 사랑하되 의방으로 가르쳐 사특한 데 들어가지 않게 해야 한다고 했습니다.[臣聞愛子 敎之以義方 弗納於邪]" 하였다. 의방은 의(義)로운 일을 하는 방도이다. 『小學 稽古』

김부인은 아들인 부군을 몹시 사랑하였으나 의복과 음식에 대해서는 반드시 통렬히 절제하였다. 그래서 부군은 어릴 때 왕왕 배고픔을 참으면서 감히 말하지 못하였다.

불초가 예전에 본 일이다. 점성가(占星家)가 괘운(卦運)으로 부군의 운명을 점치니 진괘(震卦) 구사(九四)의 **진수니**(震遂泥)*에 해당하였다. 부군은 서글픈 기색으로 말하기를 "이는 주선생(朱先生 주자(朱子))의 명운(命運)이다. 주선생이 남송(南宋)의 치우친 땅에서 태어나 강양(剛陽)한 덕으로 낮은 지위에 머무른 채 뜻을 이루지 못하고 도를 펼치지 못하여 천고(千古)의 한이 되고 말았다. 나 같은 말학비재(末學非才)가 어찌하여 다시 이러한 운명을 만났단 말인가." 하고 한참 동안 탄식하였다.

* 진수니(震遂泥) :『주역(周易)』진괘(震卦) 구사(九四)의 효사(爻辭)로 "진동함이 마침내 빠져 있다."라는 말이다. 이는 양효(陽爻) 하나가 음효(陰爻) 둘 사이에 빠져서 스스로 진동하여 분발하지 못함을 뜻한다. 주자(朱子)가 "진괘 구사는, 예전에 안노자(顔魯子)가 납갑(納甲)으로 추산하여 나의 운명이 이에 해당한다고 하였다." 했다.『朱子大全 36권 答陳同甫』

어릴 때부터 영특하고 위엄이 있어 함께 놀던 아이들이 대다수 두려워하였다. 그래서 부군이 오는 것을 보면 혹 눈물을 흘리며 용서해 달라고 애걸하는 아이도 있었다. 그러나 성품이 인자해 언제나 사람들을 불쌍히 여겼고 한 사람도 때려 다치게 한 적이 없고 한 물건도 때려 부순 적이 없었다.

아이 때 뜻이 고매하고 기운이 드높아 천고(千古)를 뛰어넘는 기상이 있고 일점(一點)도 소극적이고 위축되어 나약한 생각이 없었다. 헛되이 시일을 보내려 하지 않아 비록 장난을 치며 놀지언정 반드시 날마다 무언가 하는 일이 있었다.

아이 때 때로 이웃 마을 학구(學究)에게 글을 배웠는데 반드시 무릎을 꿇고 가르침을 받았으며 나태한 기색을 보이지 않았다. 어떤 사람이 혹 조롱하여 "저런 사람을 네가 이처럼 공경하느냐?" 하니, 부군은 "저분이 비록 신분은 보잘 것 없지만 나에게 글을 가르쳤은즉 스승이다. 어찌 공경하지 않을 수 있겠는가?" 하였다.

종조숙부(從祖叔父)이신 침랑공(寢郎公)은 부군보다 열 살이 많아 부군을 이끌어주고 가르쳤다. 하루는 부군이 지은 글을 보고 깜짝 놀라 말하기를 "네가 어떻게 이런 글과 이런 뜻을 아느냐?" 하니, 부군이 대답하기를 "우연히 중부(仲父)의 책문(策文) 중에 이것이 있는 것을 보았습니다." 하였다. 침랑공이 크게 놀라 말하기를 "네가 이제 나의 스승이다." 하였다.

15,6세 때에는 천하 사물의 이치를 모두 망라하고 추측하여 고원(高遠)한 것이라 하여 혹시라도 게을리 하지 않고 영쇄(零瑣)한 것이라 하여 혹시라도 빠뜨리지 않았다. 세속의 학자들이 간약(簡約) 쪽으로만 공부하다 스스로 비루해지고 편리한 것만 찾아서 스스로 좋아하는 것을 가장 싫어하였다. 늘 소자(邵子)의 "이목이 총명한 남자의 몸이니 홍균이 부여한 것이 가난하지 않아라.*[耳目聰明男子身 洪勻賦與不爲貧]"와 "일월성신은 높이 빛을 비추고 황왕제패*는 크게 정치를 폈도다.[日月星辰高照耀 皇王帝覇大鋪舒]"라는 시를 외며, 외진 나라에 태어나 천하를 두루 보지 못하는 것을 한스

럽게 여겼다. 그래서 손수 남승도(覽勝圖)를 그려 복희씨(伏羲氏)·헌원씨(軒
轅氏)·문왕(文王)·무왕(武王)·공자(孔子)·맹자(孟子)·정자(程子)·주자(朱子)
의 유적 및 시인(詩人)·도류(道流) 등 제가(諸家)들이 유람하고 서식(棲息)하
던 곳들을 그려놓고 문우(文友)들과 술을 마시며 그 사적을 시로 읊음으
로써 흥을 달랬다.

> * 이목(耳目)이……않아라 : 북송(北宋)의 학자 소옹(邵雍)의 관물음(觀物吟)에 보인다.
>   홍균은 하늘을 가리킨다. 하늘이 만물을 만들어내는 것을 도공(陶工)이 질그릇을
>   굽는 데 비긴 것이다. 진(晉)나라 장화(張華)의 답하소(答何劭)에 "홍균은 만물을
>   빚어내고 대지는 뭇 생명을 받는다.[洪鈞陶萬類 大塊稟羣生]" 하였다.
> * 황왕제패(皇王帝覇) : 삼황오제(三皇五帝)와 왕도(王道)·패도(覇道)의 왕들을 가리킨다.

어릴 때부터 경서(經書)를 읽을 때는 반드시 먼저 본문의 대의(大義)를
파악한 다음 대두뇌(大頭腦)에 해당하는 곳부터 미루어 아래로 내려오며
의미를 이해했고, 자잘한 글과 뜻도 반드시 그 곡절을 남김없이 이해
했다. 그런 뒤에야 그 경서에 주석을 단 제가(諸家)의 글을 보아서 참고
하고 절충(折衷)하되 대체로 정자(程子)·장횡거(張橫渠)·주자(朱子)·이퇴계
(李退溪)의 설로써 귀결을 삼았다. 세상의 학자들이 거꾸로 후현(後賢)의
설을 가지고 지레 주장을 펴서 억지로 자기의 설에 끌어다 붙이고 둘
러댐으로써 자기를 속이고 남을 속이는 것을 가장 싫어하였다.

어릴 때부터 경서를 공부하며 문장을 아울러 익혔다. 『상서(尙書)』를
읽기를 좋아하여 이 책을 술작(述作)의 조종(祖宗)으로 삼고 매우 익숙하
게 송습(誦習)하여 만년에 이르러서도 전편(全篇)을 다 외울 수 있었다. 문
장을 지을 때에는 인류(引類)에 뛰어나 지은 글에 변화가 층출(層出)하였
다. 또 난삽한 구절이나 글자를 많이 사용하였다. 그래서 지금 남아 있

는 습작 원고 중 15,6세 때 지은 글을 사람들이 구두도 떼지 못하는 경우가 많다. 20세 이후로는 "글은 뜻을 전달하면 그만이다." 하고 오로지 평순(平順)하고 이치에 맞는 것으로 법칙을 삼았다. 고모부 송공(宋公) 인호(寅濩)와 문장을 논한 서찰이 있는데 그 내용은 대체로 후세의 문장가들이 **고행척립**(孤行隻立)*하는 것을 **단양무음**(單陽無陰)*의 증거로 삼고 『주역(周易)』 계사(繫辭) 등을 지극한 문장으로 삼는 것이다.

* 고행척립(孤行隻立) : 음(陰)이나 양(陽), 홀수[奇數]나 짝수[偶數]만 외롭게 홀로 있는 것이다. 세상의 만물은 음과 양, 홀수와 짝수의 조화에 의해 이루어진다. 따라서 음이나 양 어느 하나만 있고 홀수나 짝수 어느 하나만 있어서는 만물의 조화가 이루어질 수 없는 것이다. 『周易象辭 18卷』

* 단양무음(單陽無陰) : 양(陽)만 있고 음(陰)은 없는 것으로 원래는 학질의 일종인 단학(癉瘧)에 대한 말로 양기만 강하고 음기가 없음으로 해서 생기는 병이라는 뜻이다. 한주(寒洲)가 송인호(宋寅濩)에게 답한 서찰에서 문장을 논하면서 고인의 글은 천지의 조화와 같이 음과 양, 기수(奇數)와 우수(偶數)의 조화가 잘 이루어졌으며, 그 대표적인 예(例)가 『주역(周易)』 계사(繫辭)이고 육경(六經)과 사서(四書)도 대체로 그러한데 전국시대 말엽부터 문장이 사람들의 이목을 놀라게 하는 기이함만 추구하여 대우(對偶)가 없어지고 말았다고 했다. 이것을 양만 있고 음은 없어서 생기는 병에 비긴 것이다. 『寒洲集 14권 答宋康叟』

일찍부터 세상에 나아갈 뜻을 가졌다. 그래서 15,6세 때부터 대과(大科)의 문자를 많이 지어 이미 세상에 명성이 알려졌기에 국내에서 책문가(策文家)를 헤아리는 사람은 반드시 부군을 엄지손가락으로 꼽았다. 그리고 소과(小科)의 문자도 곧잘 지어 그 글이 극히 정련(精練)하였다. 부군이 왕왕 등잔불 아래에서 수십 편의 글을 지으면 세상의 백발이 되도록 붓을 잡고 장옥(場屋)의 글을 지어온 사람들도 모두 어깨를 겨룰 수가 없었다. 동방공부책(東方貢賦策)과 성균관(成均館)에 있을 때 지은 경의(經義) 1편은 당세의 공령가(功令家, 과거 공부를 하는 사람)들이 모두 전송(傳誦)하며 모방하였다.

15세 때 기삼백(朞三百)의 수(數)를 추산(推算)했는데 옛사람들의 방법을 따르지 않고 자신의 방식대로 계산해 내었다. 정헌(定軒) 이공(李公) 종상(鍾祥)이 그 방법을 보고 "천하에 참된 재주가 있지 참된 법은 없다는 것을 이제야 알았다." 하였다.

어릴 때 질환에 걸려 의약을 써도 효험이 없자 몸소 『소문(素門)』·『입문(入門)』 등의 책을 읽고 처방을 써보니 효과가 좋았으며, 두루 써보니 역시 대체로 즉시 효험이 있었다. 그래서 세상 사람들이 혹 의술에 밝다고들 했으나 그 후에는 의술을 하지 않으며 말하기를 "정밀하지 못하면 사람을 해칠까 두렵다." 하였다. 또 일찍이 자미성법(紫微星法)으로 사람의 운명을 추산하여 정련(精練)한 경지에 이르자 부절(符節)을 합치듯 맞았으나 만년에는 그것도 탐탁찮게 여겨 하지 않았다. 불초가 일찍이 그 방법을 묻자 부군은 "정력을 허비할 것 없다." 하셨다.

15,6세 때 자호(自號)를 산교(汕嶠)라 했다. 이는 대개 산수(汕水)* 하나에서 천하의 물을 다 알 수 있고 교산(嶠山)* 하나에서 천하의 산을 다 알 수 있으니, 천하의 사물도 이와 마찬가지라는 뜻으로, 뜻을 박학(博學)에 둔 것이다. 얼마 뒤에는 동교(東嶠)라 했다. 이는 해동(海東)의 교남(嶠南)에 태어났기 때문에 땅이 협소하여 큰 일을 할 수 없음을 말한 것이니, 마음에 한스럽게 여기는 바이다. 20세 이후에는 정와(定窩)라 했으니, 지지유정(知止有定)*의 뜻을 취하여 자신을 반성한 것이다.

* 산수(汕水) : 조선에 있는 물을 뜻한다. 『사기(史記)』 조선전주(朝鮮傳注)에 "조선에

습수(濕水)가 있으니, 열수(洌水)와 산수(汕水)이다." 하였다.

  * 교산(嶠山) : 경상북도 문경(聞慶)의 조령(鳥嶺)을 가리킨다. 한주가 교남(嶠南), 즉
     영남에 살았기 때문에 이 말을 쓴 것이다.

  * 지지유정(知止有定) :『대학(大學)』경(經) 1장에 "그침을 안 뒤에 정해짐이 있다.[知
     止而后有定]" 한 대목을 가리킨다. 이는 사람이 그쳐야 할 곳, 즉 지선(至善)이 무
     엇인지를 안 뒤에 마음속에 정향(定向)이 있게 된다는 뜻이다.

    30세 때에는 서재의 편액을 조운헌도(祖雲憲陶)라 걸었다. 이는 멀리로
는 운곡(雲谷 주자(朱子))을 조술(祖述)하고 가까이로는 도산(陶山 퇴계(退溪))을
본받는다는 뜻이니, 위로는 전성(前聖)을 고찰하고 아래로는 후현(後賢)을
이어받아 비로소 스승을 얻은 것이다.

    만년에는 한주(寒洲)라 하였으니, 표방(標榜)을 없애고자 한 것이다.

    천품이 이미 높고 입지(立志)가 원대했으며, 일찍부터 가학(家學)의 영
향을 받았고 게다가 당시의 어진 사우(師友)들과 서로 강마(講磨)하고 질
정(質正)하여 옛 성현의 심법(心法)을 찾았다. 그리하여 천하의 모든 사물
이 단지 일리(一理)임을 보았으니, 몸으로 닦아서 덕행(德行)이 되고 입에
서 나와 언사(言辭)가 된 것이 이 리(理)를 따른 것이 아님이 없다.

    어릴 때부터 산증(疝症)을 앓아 누차 위태한 지경에 이르렀기에 왕고
(王考)가 혹 깊이 염려하셨다. 그 때문에 부군은 늘 애써 병을 참고 위로
하여 마음을 풀어드려 병세가 위중하다는 것을 왕고는 알지 못하게 하
였다.

    조부는 생업에 관심을 두지 않아 집안 형편이 극도로 기울었다. 이

에 부군은 농사에 힘써 몸소 들일을 보살폈다. 당시 정헌공(定憲公)이 이미 이경(貳卿)의 지위에 오른 터라 혹자가 위로하며 "어찌 공의 집안 위신을 생각하지 않소?" 하면 부군은 "나는 일개 빈한(貧寒)한 선비일 뿐이오." 하였다. 조고(祖考)와 조비(祖妣)가 모두 세상을 떠나자 부군은 불초(不肖)에게 말씀하기를 "내가 이제 누구를 위해 농사를 하겠는가?" 하고는 마침내 농사를 돌아보지 않았다.

조부는 빈객을 접대하는 것을 좋아하였다. 그래서 부군은 집안 형편이 비록 군색해도 손님이 오면 음식을 반드시 넉넉하고 깨끗하게 대접했다.

조부는 남에게 베풀기를 좋아하였는데 향리에 사는 최씨(崔氏) 어른이 와서 "냉질(冷疾)을 앓고 있는데 밤중에 요강이 없어 괴롭다."고 말하였다. 당시 집안에는 요강이 하나 밖에 없었는데 전비(前妣)인 박씨(朴氏) 집안에서 온 것으로 부군이 매우 아끼는 것이었다. 왕고가 "나는 질병이 없으니, 이 요강을 이 분에게 주는 것이 좋겠다." 하니, 부군은 분부대로 요강을 그 어른에게 갖다 드리고 아까워하는 기색을 얼굴에 나타내지 않으셨다.

소작농 이씨(李氏)란 사람이 비가 많이 올 때 자신이 제방을 터뜨려 놓고서 논이 복사(伏沙)에 덮였다는 핑계로 싼 값에 논 두 이랑을 왕고에서 샀다. 다른 사람이 그 간교한 짓에 분개하여 부군에게 제 값을 돌려받을 것을 권하자 부군은 그렇게 할 수 없다고 하니, 이씨가 그 말을 듣고 부끄러워하고 두려워하였다. 그 후에 그 논 근처에 왕고의 묘소가 들어가게 되자 이씨가 머리를 조아리며 3두락의 전답을 스스로 바쳐 묘전(墓田)으로 삼아줄 것을 청하니, 부군은 그 값을 쳐서 주었다.

왕고가 불초를 몹시 사랑하였기 때문에 불초가 왕고 곁에 있으면 부군은 불초에게 매를 때리거나 꾸짖은 적이 없었다.

조부의 병세가 위중하실 때 중부(仲父)가 손가락에 피를 내어 조부의 입에 흘려 넣으려 하자 부군이 울며 말렸다.

조부가 금산(錦山)에 유람하러 가셨다가 곤양(昆陽)의 조 진사(趙進士) 집에서 병에 걸렸다. 조 진사가 성심을 다해 조부를 간호하였다. 그래서 부군은 말씀 중에 조 진사 얘기만 나오면 눈물을 흘리셨다.

조부가 잉어국을 좋아하니, 부군은 잉어국을 감히 먹지 않으셨다. 조부가 세상을 떠난 뒤에도 잉어국을 차마 먹지 못하셨다.

조모 김부인(金夫人)은 성품이 엄격하였다. 부군은 김부인이 노여운 기색을 보이면 곧바로 그 앞에 나아가 갖은 방법으로 웃으며 얘기하여 김부인의 안색이 누그러지시면 그제야 그만두었다. 혹 부군 때문에 노여워하면 부복(俯伏)하여 대죄(待罪)하고 노기가 풀리신 것을 보아야 감히 물러나셨다.

김부인은 친가(親家)가 가난했기 때문에 그 친부모의 기일(忌日) 및 성묘(省墓) 때에는 반드시 제수를 갖추고 부군 형제를 시켜 번갈아 가서 일을 보살피게 하였다. 부군은 그 제수를 반드시 집안의 제사와 같이 장만하고 감히 소홀히 하지 않았다.

김부인이 임종하실 때 "내가 죽고 종손(從孫)도 조금 형편이 넉넉하니 명년부터는 제수를 보내지 말라." 하였다. 부군은 그래도 3년 동안을 김부인이 생존하실 때와 같이 제수를 보내고 그 이듬해에 표종손(表從孫)에게 서찰을 보내 이제부터 스스로 힘써 제사를 모시라 하고는 이어 눈물을 비 오듯 흘렸다.

중고(仲姑)인 김씨부(金氏婦)가 일찍 과부가 되자 김부인은 하루라도 그 소식을 듣지 못하면 침식(寢食)이 편안치 않았다. 김씨부의 집은 우리 집과 거리가 70리이고 게다가 배를 타고 물을 건너야 했다. 부군은 종을 보내면서 닭이 울면 출발하여 밤중까지 돌아오기로 약속했는데 종도 그 약속대로 시간을 지켰다. 몇 달이 지난 뒤에야 매일 종을 보내지 않고 간간이 종을 보냈다.

김부인은 고사(古史)에 박통하였다. 그래서 만년에는 자질(子姪)들과 성현(聖賢)의 사적 및 전대(前代) 역사의 흥망성쇠를 얘기하기를 좋아하였으며, 부군이 곁에 모시고 앉아 역사를 외워서 얘기해 드리는 것을 낙으로 삼았다. 부군이 일이 있어 곁에서 모실 수 없으면 부군의 아우나 아들을 시켜 대신 얘기하게 하였다. 그리고 혹 언문 역사책을 널리 구해 직접 읽기도 했으며 밤에 깊어도 책 읽기에 지칠 줄 몰랐다.

김부인은 냉증(冷症)을 앓았으며, 만년에는 위장이 허(虛)하여 육식(肉食)이 조금이라도 부족하면 음식을 편안히 들지 못하였다. 그래서 부군은 김부인을 봉양하기 위해 사흘에 한 마리씩 개를 잡았고 간간이 어육(魚肉)을 드렸다. 혹자가 "어버이를 섬기는 것도 집안 형편에 맞게 해야 한다."고 하면 부군은 쓸쓸한 기색으로 말을 하지 못하였다.

조부모가 세상을 떠나신 뒤로 부군이 후생(後生)에게 『시경(詩經)』을 가르치시다가 육아(蓼莪)*편에 이르면 눈물을 흘리며 해설하지 못하셨다. 그래서 후배들이 『시경』을 읽다가 이 편에 이르는 것을 보면 불초가 반드시 다른 편으로 바꾸고 감히 이 편을 부군 앞에 올리지 못하게 하였다.

매양 왕고비의 기일(忌日)이 오면 눈물을 흘리며 사모(思慕)하셨고 아무리 추운 겨울, 더운 여름일지라도 반드시 몸소 제 때에 제사를 모셨으며, 병이 들어도 부축을 받아 몸소 제사를 모셨다.

> * 육아(蓼莪) : 『시경』 소아(小雅)의 편명으로 부모님을 제대로 봉양하지 못한 자식이 부모님을 생각하며 슬퍼하는 마음을 읊고 있다. 진(晉) 나라 무제(武帝) 때 왕부(王裒)는 아버지 왕의(王儀)가 억울하게 죽은 것을 슬퍼하여 『시경(詩經)』을 가르치다가 육아편에 이르면 언제나 슬피 울어서 제자들이 『시경』을 배울 때 육아편은 아예 없애고 배우지 않았다 한다. 『小學 善行』

경술년에 종조부 정헌공(定憲公)이 경주부윤(慶州府尹)으로 있다가 모종의 일로 어사(御使)의 논계(論啓)에 올라 치대(置對)에 나아가게 되었다. 당시 부군은 과거에 응시하러 한양에 가 있다가 그 소식을 듣고는 즉시 서둘러 고향으로 내려와서 '대감(待勘)할 때까지 지체하고 있을 수 없다'는 뜻을 정헌공께 말씀드렸다. 이에 정헌공이 즉시 사직하고 여장을 꾸려 향리로 돌아왔으며, 늘 의리를 봄이 명백하다고 부군을 칭찬하였다.

만년에 중부(仲父)와 한 방에서 기거하셨다. 중부가 형님인 부군을 두려워하여 혹 위축된 모습을 보이기도 하니, 부군은 온화한 안색을 보이며 온갖 방법으로 애써 중부를 편안하게 해주셨다. 중부는 시를 읊기를 좋아하셨다. 부군은 평소 한가하게 시구를 짓는 것을 좋아하지 않았으나 왕왕 짐짓 중부를 위해 시를 창수(唱酬)하고 논평하며 즐기셨다.

특별한 음식이 있으면 반드시 중부와 함께 맛보았다. 흉년이 들어 온 집안이 모두 죽을 먹을 때에도 부군은 반드시 중부를 불러 함께 식사를 했으며 중부를 잊은 적이 없었다.

부군이 임종하실 때 불초가 슬피 울며 불러도 응답하지 못하고 중부가 형님이라 부르면 응답하였다.

큰고모[伯姑] 이씨부(李氏婦)가 궁핍하게 살았다. 부군은 해마다 곡식과 무명을 수확하면 반드시 먼저 큰고모에게 보낼 것을 따로 떼어놓았다. 그리하여 곡식과 무명이 다 바닥이 나도 감히 소홀하지 않았다.

김씨부(金氏婦)인 중고(仲姑)가 과부가 되자 부군은 누차 집으로 맞아들여 정성껏 잘 위로하였으며, 생질을 거두어 교육하여 성년이 된 뒤에야 집으로 돌려보냈다.

부군은 종숙부(從叔父) 침랑공(寢郎公)을 부형처럼 섬겨 매사를 반드시 여쭈어 보고 크게 도리에 어긋나지 않으면 반드시 침랑공의 말씀을 따랐다.

인의(引儀) 종숙부(從叔父)가 심한 병을 앓은 적이 있는데 부군은 하루에 서너 차례 문병을 갔으며, 밤에도 반드시 서둘러 일어나 문병하러 갔다. 여러 달이 되도록 그렇게 하였다.

선비(先妣) 이씨(李氏)는 사리에 밝고 민첩하고 효성과 공경이 지극했으며 예의(禮儀)에 신중하였다. 그래서 부군은 선비를 공경하고 믿어 평소 집안이 마치 조정처럼 정숙(整肅)하였다. 그래서 세상에서 부부 사이의 화목과 공경이 함께 지극한 훌륭한 배필을 일컫는 이들은 반드시 부군과 선비를 준칙으로 꼽았다.

수숙(嫂叔) 사이의 분별에 엄격하여 비록 손자 항렬일지라도 여인을 대할 때는 반드시 용모를 엄숙히 가다듬고 간격을 두고 앉아서 공경히 안부 인사만 나눌 뿐이었으며, 높은 항렬의 족숙모(族叔母)나 대모(大母)는 오직 세시(歲時)로 문을 열어 한 번 뵐 뿐이었다. 질부(姪婦)들이 알현할 때에도 반드시 용모를 가다듬고 단정히 앉고 쓸데없는 얘기는 하지 않았다. 자매들과 함께 있을 때에는 즐거운 분위기가 가득했으나 역시 간격을 두고 떨어져 앉았다. 불초가 지각이 들고부터 부군이 불초를 아끼고 귀여워하는 기색으로 대해주는 것을 본 적이 없다.

불초가 여덟 살 때 『**강씨통감**(江氏通鑑)』*을 배웠는데 태만하게 놀다가 간신히 외울 수 있었다. 당시 좌중에 손님이 있다가 과분하게 칭찬하기를 "글이 백 줄이나 되는데 네가 아직 동자로서 이렇게 외우다니……." 하기에 불초는 자랑스러워했다. 부군은 천천히 말씀하기를 "비록 겨우 외기는 했으나 이처럼 입에 설게 외서야 무슨 소용이 있겠느냐?" 하고 즉시 불초를 세우고는 회초리로 종아리를 쳤다. 이에 불초는 몹시 부끄러워 조금 잘못을 고치게 되었다.

> *『강씨통감(江氏通鑑)』:『통감절요(通鑑節要)』를 가리킨다. 이 책은 송(宋)나라 때 강지(江贄)가 방대한 『자치통감(資治通鑑)』을 절략(節略)하여 만든 것으로 우리나라에서 교재로 널리 읽혔다. 『소미통감(少微通鑑)』이라고도 한다.

불초가 처음 장가들어 경주(慶州)의 처가로 갈 때 부군이 단단히 당부하기를 "부부(夫婦)는 처음을 신중히 하고 붕우(朋友)는 마침을 신중히 해야 하는 법이다. 너의 지금이 바로 너의 일생 과정의 출발이니, 유념하라." 하였다.

불초가 성년(成年)이 되어 고을의 강회(講會)에 갔는데 부군이 강회에서 문답한 말을 베껴서 보내라고 명하였다. 그래서 문답을 베껴서 보내니 부군이 서찰을 보내 꾸짖기를 "네가 답한 말을 보니 애초에 깊이 생각해 보지도 않고 임시변통의 말재주로 둘러댄 것일 뿐이다. 비록 그 말이 우연히 맞다 하더라도 공부에 무슨 도움이 되겠느냐. 너는 너의 아비가 네게 바라는 마음을 헤아리지 못하느냐?" 하였다. 이에 불초가 크게 두려워 조금 학문에 힘을 쓸 줄 알게 되었다.

불초가 약관 때 대청에서 다른 사람과 농담을 주고받고 있는데 부군이 외출하고 돌아와서 준엄히 꾸짖기를 "한가하게 쓸데없는 얘기를 하며 좋은 광음(光陰)을 보내고 있으니, 학문에 뜻이 없음을 알겠다." 하였다.

불초가 집안일을 맡은 뒤로 집안은 가난하고 어버이는 연로한 것을 근심하여 잡무에 마음을 쏟다 보니 점차 마음과 용모가 황폐해졌다. 하루는 모시고 앉은 자리에서 부군이 조용히 말씀하기를 "내가 소루(疏漏)하여 너를 해치고 말았구나. 너는 생각해 보라. 고인(古人)이 말씀하신 '닭이 울면 일어나 부지런히 이익을 꾀하는 자'가 누구의 무리인가?*" 하니, 불초가 그 자리에서 온 몸에 땀이 나 오랫동안 감히 고개를 들지 못하였다.

> * 고인(古人)이……무리인가 : 맹자가 "닭이 울면 일어나서 부지런히 선행을 하는 사람은 순임금의 무리이고 닭이 울면 일어나서 부지런히 잇속을 추구하는 사람은 도척의 무리이니, 순임금과 도척의 구분을 알고자 한다면 다른 것이 없고 잇속과 선행의 사이일 뿐이다.[雞鳴而起 孶孶爲善者 舜之徒也. 雞鳴而起 孶孶爲利者 跖之徒也. 欲知舜與跖之分 無他 利與善之間也]" 하였다. 『孟子 盡心 上』

불초가 사소한 이해(利害)를 만나도 반드시 생각하니, 부군이 "이해를 따지면 반드시 기심(機心)이 생긴다." 하였다.

불초가 매사에 계획만 세워 놓고 이루지 못하는 것이 많으니, 부군이 "그렇게 머뭇거려서야 무슨 일을 이루겠느냐?" 하였다.

불초가 집안에서 조급하여 노하는 일이 많으니, 매양 경계하시기를 "너무 일을 독찰(督察)하면 덕성을 해치게 된다." 하였다.

불초가 혹 어지럽게 마구 글씨를 쓰면 부군은 "나는 이러한 모양을 매우 싫어한다." 하셨다.

불초가 과거에 누차 낙방하고 세도(世道)는 날로 땅에 떨어졌다. 그래서 마음속으로 과거를 그만 둘 것을 작심하고 있다가 하루는 은근히 말씀드리니, 부군은 "네 좋아하는 바대로 하거라. 영광스러운 일이 꼭 과거 뿐만은 아니다. 게다가 과거에 대해 마음이 풀어졌은즉 억지로 해도 이루지 못할 것이다." 하셨다.

어떤 사람이 과장(科場)에서 불초에게 서찰을 보내기를 "유사(有司)가 그대를 찾으니, 가면 손쉽게 급제할 수 있을 것이다." 하니, 집안사람들이 다투어 권하였다. 그러나 부군은 "거취(去就)는 자기 뜻에 따라 결정해야 한다. 어찌 남의 말에 따르리오." 하셨다. 그 후에 또 한 유사가 고을에 와서 원님을 시켜 서찰을 보내 불초를 과거 보러 나오게 권하였다. 불초가 당시 외출하고 없었는데 부군이 답하기를 "아이가 밖에 있으니, 불러서 과장(科場)에 가게 하더라도 아마 시험 기간까지 갈 수 없을 듯합니다. 억지로 할 수 없습니다." 하였다.

부군은 집안일을 불초에게 넘긴 뒤로는 한 가지 일에도 관심을 두지 않았으며, 비록 시급하여 이해에 관계된 것이라도 돌아보지 않았다. 혹 일처리가 크게 잘못된 것을 보면 "내 생각에는 이럴 듯하구나. 네가 다시 생각해 보아라." 하실 뿐이었다.

부군은 만년에 저술한 글들을 모두 목록으로 정리해 불초에게 보여주며 말씀하기를 "이것이 나의 일생의 조박(糟粕)이다." 하고, 이어 『직지심결(直指心訣)』을 가리키며 말씀하기를 "주자(朱子)께서 임종하실 때 문인(門人)에게 말씀하시기를 '천지(天地)가 만물을 생성하는 것과 성인(聖人)

이 만사에 접응하는 것은 직(直)일 뿐이다.' 하셨다. 나는 이 한 글자는
요순(堯舜)이 전수(傳授)한 중(中) 자*와 하나로 관통되어 내려오는 것이니, 응
당 천고의 성현들이 서로 전수한 심법(心法)으로 삼아야 할 것이다. 젊을
때 망령되이 전현의 말씀을 모아서 이 책을 만들었으나 도를 본 것이
분명하지 못해 그 뜻을 천발(闡發)하지 못했으니 아쉽다. 네가 후일에 벗
들과 그 뜻을 밝혀라." 하셨다.

> * 요순(堯舜)이……자 : 요(堯)임금이 제위(帝位)를 물려주면서 전하고 순(舜)임금이
> 받은 심결(心訣)이다. 요(堯)임금이 "아! 너 순아. 하늘의 역수가 너의 몸에 있으니,
> 진실로 그 중을 잡으라.[咨爾舜 天之曆數在爾躬 允執厥中]" 하였다. 중(中)은 주자(朱
> 子)의 주(註)에서 지나침과 모자람, 즉 과(過)와 불급(不及)이 없는 것이라 하였다.
> 『論語集註 堯曰』

을유년에 장손이 태어나니, 부군은 성동(聖童)이라 이름을 지었다. 그
리고 겨우 귀가 뚫려 소리를 듣자 날마다 삼강(三綱)·오상(五常)·삼재(三
才)·오행(五行) 등의 글자를 외워서 들려주었으니, 유아(乳兒) 때부터 교육
을 받게 하고자 한 것이었다. 아이가 좀 자라 말을 하려 할 때에 이르
러서는 『소학(小學)』·『사서(四書)』 등의 격언들을 날마다 들려주었으니,
묵묵히 감화되게 하고자 한 것이었다. 부군은 병환이 위중할 때에도
손주를 안고 오게 하고는 웃는 낯빛을 지으며 연이어 몇 자를 외어 들
려주고는 그만두었다.

부군은 평상시 종족의 모임 및 잔치의 술자리에서는 사람들과 어울
려 즐겁게 담소하며 조금도 격의를 두지 않았지만 교제하는 사람은 신
중히 가렸다. 특히 시기심이 많고 음험하며 허랑하여 항심(恒心)이 없는
사람을 가장 싫어하였다. 그러나 마음이 마치 빈 배처럼 넓어 함부로

대드는 사람이 있어도 그 일이 지나가면 이내 잊었으며 그 사람이 오면 반가워하였고 거절하여 못 오게 하지 않았다.

부군은 늘 말씀하기를 "사람의 집은 의리(義理)로써 종자를 삼고 근졸(謹拙)로써 혈맥을 삼아야 하니, 문화(文華)와 부귀 같은 것은 모두 말단이다. 예컨대 깨끗하게 마른 나무는 혹 다시 움이 돋기도 하지만 뿌리를 떠난 무성한 나무는 한 번 썩으면 반드시 죽고 마는 것과 같다." 하셨으며, 매양 족인(族人)들과 얘기할 때 "이 이치가 부절(符節)과 같이 틀림없이 맞다." 하시고 한숨을 쉬며 탄식하곤 하였다.

부군은 종족을 거두어 보살피는 일에 매우 마음을 썼다. 그래서 정헌공(定憲公)이 생존할 때 부군이 은밀히 일을 도운 것이 많았는데, 대개 종안(宗案)을 세워서 규모를 통일하고 월강(月講)을 하여 유술(儒術)을 진흥하는 한편 장방(長房)은 서파(庶派)에도 허용하고 해마다의 진휼(賑恤)은 반드시 궁핍한 족인(族人)을 가려서 줌으로써 종족을 화합하는 방도를 극진히 갖추었다.

한 족조(族祖) 부처(夫妻)가 모두 세상을 떠나고 딸 하나만 남아 의지할 데가 없으니, 부군이 거두어 10여 년 동안 양육하고 사족(士族)인 김씨(金氏) 집안의 사람을 가려서 혼인시키기를 마치 친누이처럼 하였다. 그래서 불초에게 족고(族姑)가 되는 그 딸이 늘 부군의 은혜를 말할 때면 "죽어도 갚을 수 없다." 하였다.

부군은 동당(同堂) 및 종족 자제들에게 대해서는 현우(賢愚)를 막론하고 누구건 배우러 오면 거두어 가르쳤다. 그래서 매일 해가 뜨면 앉아서 글을 가르치기 시작하여 해가 기울 때에 이르면 기운이 부족해 말소리가 잘 나오지 않을 정도가 되는데도 사양하지 않았다. 밤에는 정좌(靜坐)하는 것을 좋아하였으나 남이 책을 읽고 싶어 하면 옆방에서 글을 읽는 것을 싫어하지 않았다.

여름에는 날씨가 아무리 더워도 자제들이 공부를 하겠다고 하면 부군은 실내로 들어가고 마루를 내어주었다. 자제들이 혹 미안해하면 부군은 "나는 책을 좋아하니, 너워도 괴롭지 않다." 하였다. 매월 초하루에는 친히 학생들의 학업 정도를 점검하고는 자상한 말씀으로 얘기해주었다. 일찍이 문중의 돈 백금(百金)을 떼어 학계(學契)에 충당하여 후생들을 성취시킬 자본으로 삼게 하였다.

부군은 일찍이 탄식하기를 "백불암(百弗庵)의 부인동(夫仁洞) 규약*은 '한 지방에 징험(徵驗)했다.*'고 할 만한데 나는 뜻만 가졌고 성취하지 못했구나." 하였다. 그래서 불초가 재종제(再從弟) 덕희(德熙)와 더불어 도사형(都事兄)에게 의논, 대포의사(大浦義社)를 세워 봉공(奉公)·휼빈(恤貧)의 자본으로 삼으니, 시행한 지 몇 해 동안 마을 사람들이 이에 힘입었다.

* 백불암(百弗庵)의 부인동(夫仁洞) 규약 : 백불암은 최흥원(崔興遠 1705~1786)의 호이다. 그는 자는 태초(太初), 본관은 경주(慶州)이며, 성호(星湖) 이익(李瀷), 대산(大山) 이상정(李象靖) 등과 교유했던 학자이다. 그는 35세 때 자신이 살던 대구(大邱) 부인동(夫仁洞)에 남전향약(藍田鄕約)을 바탕으로 한 동약(洞約)을 만들어 실행하였다. 『백불암문집(百弗庵文集)』 7권에 부인동동약(夫仁洞洞約)이 실려 있는데 그 조목을 보면 강사절목(講舍節目), 선공고절목(先公庫節目), 휼빈고절목(恤貧庫節目), 강회시신약(講會時申約)으로 되어 있다.

* 한 지방에 징험(徵驗)했다 : 이상적인 제도를 온 세상에 두루 시행하지는 못하고 자신이 사는 지역에만 시행했다는 뜻이다. 북송(北宋)의 학자인 횡거(橫渠) 장재(張

載)가 '인정(仁政)은 반드시 경계(經界), 즉 정전법(井田法)에서 비롯한다.'고 생각하
여 "비록 이 법을 천하에 시행하지는 못할지라도 한 고을에 징험할 수는 있다.[縱
不能行之天下 猶可驗之一鄕]" 하고서 땅을 사서 정전을 구획하여 고대의 이상적인
사회를 만들어 보려 했으나 뜻을 이루지는 못했다.『近思錄 9卷』

　부군은 고을 안에서 오로지 화합하고 공경하는 마음으로 일관하였
다. 그래서 평소에 부집(父執)에게는 감히 자(字)를 부르지 않고 동배(同輩)
에게도 대뜸 자네[君]라 부르지 않았으며, 고을의 모임이 있을 경우에는
병환 중이 아니면 반드시 가서 참석하셨다.

　고을이 예전부터 남(南)·북(北)으로 나뉘어 걸핏하면 분열하였다. 그
래서 정헌공(定憲公)이 학계(學契)를 세워 선비들의 추향(趨向)을 합일하고
양로소(養老所)를 세워 봉양의 예(禮)를 합일하였는데, 이 일에 부군이 실
로 그 규모를 도왔다. 이에 분열을 주도하는 사람들이 모두 부군을 비
난하여 좋지 못한 여론이 무더기로 일어났으나 부군은 간곡히 이들을
일깨우고 타일러 마침내 일을 이루었다.
　만년에는 또 고을의 사우(士友)들과 약속, 온 고을이 함께 향음주례(鄕
飮酒禮)를 행하는 한편 향약을 세우고 손수 그 규례를 작성하되 여씨향
약(呂氏鄕約)의 옛 법을 본받고 퇴계(退溪)의 예안향약(禮安鄕約)의 약조를 참
조하여 장차 점차적으로 시행하려 하였다. 그 내용은 대체로 착한 풍
속을 진흥하고 문화를 돈독하게 하는 것으로 근본을 삼되 중요한 목적
은 분열하는 고을 사람들을 모아서 화합을 보전하는 데 있었다.

　무흘서당(武屹書堂)은 한강(寒岡) 정선생(鄭先生)이 학문을 강론하던 곳이
다. 그런데 중간에 서당이 본손(本孫)의 차지가 된 채 세월이 오래 흐르

자 규약(規約)이 해이해지고 건물이 퇴락하여 서당을 유지하기 어렵게 되었다. 그래서 고을의 도움을 받아서 서당을 보호하고자 했는데 고을의 여론은 곤란하다는 것이었다. 이에 부군이 "이 어찌 본손의 행위를 보고 결정할 일이겠는가. 응당 선사(先師)를 존모하는 것으로 구경의 목적을 삼아야 할 것이다." 하니, 의론이 마침내 결정되었다. 부군이 그 일에 관해 서문을 썼는데 그 내용은 현인(賢人)을 존모하고 도(道)를 보위할 것을 깊이 바라는 뜻이었다.

임술년(壬戌年)에 고을의 백성들이 관리(官吏)를 원망하여 무리를 지어 소요를 일으키며 정헌공(定憲公)께 고을의 폐단을 바로잡아 줄 것을 청하였다. 그리하여 백성 수만 명이 밤중에 동네에 들어오니 정헌공은 동네 밖에 나가 있으며 부군에게 명하여 집을 지키게 하였다. 완악한 자들이 집안으로 몰려와 소리치며 정헌공을 찾으니 집안사람들은 모두 도망쳐 숨었다. 그러나 부군은 촛불을 밝히고 단정히 위좌(危坐)를 하고 앉아 동요하지 않았다. 집 안채 가까이로 들어오는 사람들이 있자 부군은 느릿한 음성으로 그 중 우두머리가 되는 사람에게 타이르기를 "공(公) 등은 폐단을 바로잡으려 하면서 이처럼 체례(體禮)를 모르시오?" 하였다. 이에 완악한 백성들이 물러가고 끝내 감히 함부로 움직이지 못하였다.

신사년(辛巳年)에 고을 백성들이 또 크게 소요를 일으켜 목사(牧使)를 고을 밖으로 쫓아내고 이어 떼를 지어 마을 안으로 들어와 행패를 부렸는데 마을에 들어올 때 서로 당부하기를 "조심하여 독서(讀書) 이진사(李進士) 댁에는 들어가지 말라." 하였다.

정 참판(鄭參判) 현덕(顯德)이 어릴 때 유락(流落)하여 몹시 곤궁하였다. 부군이 강릉(江陵)에 있을 때 그와 벗으로 사귀어 강해(江海)에서 시문(詩文)을 창수(唱酬)하며 서로 의기가 잘 맞았다. 부군이 그를 정헌공께 배알하게 하니, 정헌공이 누차 그를 구휼해 주셨다. 그러나 그가 현달하게 되자 부군은 한 번도 찾아가 만나지 않았다.

후배나 제자들이 선(善)과 의(義)로 나아가는 것을 보면 자기 일보다 더 기뻐하며 칭찬하였다. 그리고 모르는 글이나 어려운 일을 질문하면 자상하게 가르쳐 주는 것이 자기의 의문을 풀 때보다 더했으며, 경서(經書)를 가지고 배우러 오는 사람이 있으면 기쁜 기색으로 설명해 주시는 것은 자신이 설명을 받는 것보다 더했다.

김공(金公) 기진(岐鎭)은 **호학(湖學)의 법문(法門)***을 평소에 익히 들어왔는데 경신년(庚申年)에 부군께 와서 『주서(朱書)』를 배웠다. 부군이 날마다 그에게 이기(理氣)의 대원(大原)을 설명해 주시니, 김공이 처음에는 자못 의심하였다. 그러나 세월이 오래 지나면서 김공이 마침내 구견(舊見)을 버리고 부군의 말씀을 받아들였다.

  * 호학(湖學)의 법문(法門) : 율곡(栗谷) 이이(李珥)의 학통을 계승한 기호학파(畿湖學派)의 학설을 가리킨다.

김우근(金佑根)은 진잠(鎭岑) 사람으로 부군께 와서 과거 공부로 책문(策文)을 배웠다. 부군이 공부 방법을 가르쳐 주시고는 말씀하시기를 “공은 **농암(農巖)***의 가학(家學)이 있는데 어찌하여 **내면을 향해 공부하지*** 않는가?” 하시고 이어 농암의 견처(見處)를 매우 상세히 말하시니, 김우근이 무안하여 '물러가서 가학을 공부해보겠다'고 하였다.

> *농암(農巖) : 조선시대의 거유(巨儒) 김창협(金昌協 1651~1708)의 호이다.
> *내면을 향해 공부하지 : 자신의 인격을 도야하는 진정한 학문인 위기지학(爲己之學)를 하라는 뜻이다.

운봉(雲峯) 최씨(崔氏) 어른이 와서 학문의 가장 요긴한 지결(旨訣)을 묻기에 부군이 "리(理) 자이니, 치지(致知)하여 리를 밝히고 독행(篤行)하여 리를 따르는 것입니다." 하니, 최씨 어른이 시원히 의문이 풀려 "삼가 알겠습니다." 하였다.

충주(忠州) 허모(許某)가 학문에 어느 것이 중요한지 물으니, 부군이 "우선 이 리(理)를 궁구하라." 하였다.

제주(濟州) 장성규(張性奎)가 "어떻게 독행(篤行)합니까?" 하고 물으니, 부군이 "지(知)·행(行)은 병진(竝進)해야 한다. 만약 사람이 눈을 감는다면 어떻게 한 걸음인들 나아갈 수 있겠는가?" 하였다.

금강산의 승려 기인(琪印)이 치지(致知)를 물으니, 부군이 "실리(實理) 상에서 찾아야 한다. 아버지가 나와 어떠한 관계이며 임금이 나와 어떠한 관계인지 생각해 보라." 하였다.

부군께 제자들을 많이 받아들여 문호를 세울 것을 청한 사람이 있었다. 부군이 "내가 받아들이고자 한들 누가 오겠는가." 하였다. 폐백을 가지고 제자가 되고자 찾아온 사람이 있으면 부군은 겸손한 말로 사양하기를 "나는 남의 스승이 될 만한 사람이 아니오." 하였다. 불초가 "고인이 폐백을 받아들인 이가 있는 것은 어째서입니까?" 하고 물으니, 부군이 "옛날에는 서로 만날 때 모두 폐백을 주게 되어 있으니, 의당 받아야 한다. 그런데 지금은 폐백을 스승을 뵙는 예(禮)로써 삼으니, 스승이 이름에 있는 것인가?" 하였다.

곽종석(郭鍾錫)・김진호(金鎭祜)가 부군의 서사(書숨)에 계(契)를 하나 만들자고 하기에 불초가 그렇게 하자고 하였다. 그래서 막 안본(案本)을 만들었는데 부군이 아시고 "동지(同知)들이 서로 사귀는데 계를 만들 필요가 어디 있겠는가. 너는 허물을 나에게 전가시키려 하는구나." 하시고 준엄히 꾸짖었다.

김공(金公) 태응(台應), 여공(呂公) 영회(英會) 등 제공(諸公)이 부군 계신 곳에 계(契) 하나를 만들어 의지하고 흠모하는 바탕을 삼기로 의논하였다. 이에 불초가 말씀드리니 부군이 준엄히 거절하며 말씀하시기를 "자주 찾아와 나를 만나면 박주(薄酒)라도 마시며 환담을 나누면 될 것이다. 계(契)를 만들 필요가 어디 있겠느냐. 그대들은 어찌하여 내 입장을 생각해 주지 않는가?" 하였다.

부군은 가르치는 범위가 매우 넓어 도의(道義)로 가르칠 경우도 있고 경술(經術)로 가르칠 경우도 있고 문장으로 가르칠 경우도 있고 공령(功令 과문(科文))으로 가르칠 경우도 있었으며, 심지어 어린 아이가 배우는 자학(字學)이라도 가르침을 청하는 사람이 있으면 모두 싫어하지 않고 가르쳤다. 그리고 질문하는 사람이 단서를 들어서 말하면 부군은 첫머리부터 한바탕 죽 설명해 주셨다. 불초가 일찍이 **불분불계**(不憤不啓)*의 뜻을 여쭈니, 부군은 "분비(憤悱)는 공부의 경지가 이미 좋다. 전혀 알고 깨달은 것이 없다면 분비가 어디로부터 생겨나겠는가." 하였다.

> * 불분불계(不憤不啓) : 분(憤)은 마음속으로 뜻을 알고 싶어하는 것이다. 공자(孔子)
>   가 학생을 가리치는 법을 말하기를 "분해하지 않으면 열어주지 않으며 애태우지
>   않으면 틔워주지 않되 한 귀퉁이를 들어서 말해주었는데 나머지 세 귀퉁이를 반
>   증(反證)하지 못하면 다시 더 말해주지 않는다.[不憤不啓 不悱不發 擧一隅不以三隅反
>   則不復也]" 하였다. 『論語 述而』

부군은 평생을 포의(布衣)로 늙었지만 임금을 사랑하고 나라를 걱정하는 마음은 지성(至誠)에서 우러났다. 그래서 나라에 큰 경사가 있거나 어질고 뛰어난 인재가 등용되었다는 소문을 들으면 기쁨이 얼굴빛에 나타났고 역병이나 권간(權奸)이 기세를 부린다는 소문을 들으면 근심하여 탄식해 마지않았다.

일생 동안 조정의 득실과 정치의 이해(利害)를 이야기하지 않았다. 고을사람들의 회의에 참여하지 않았고, 세금을 미루지 않았으며, 관청의 힘을 빌리지 않았고, 선정비문을 짓지 않았다.

공무가 아니면 관장(官長)을 만나지 않는데, 서리를 보내 정성을 드리는 자가 있어도 만나지 않았다. 찾아와서 뵙는 사람이 있으면 그가 해임되어 떠날 때 한 번 작별하였다. 여러 차례 찾아오거나 여러 번 초청하는 사람이 있어도, 일이 있을 때 한 번 가서 사례할 뿐이었다. 승지 김낙현(金洛鉉) 공이 일찍이 성주목사와 함께 방문했는데, 목사가 부군에게 답방(答訪)을 강권하였다. 부군은 공무가 아니면 감히 갈 수 없다

는 뜻으로 끝내 거절하였더니 김공이 듣고 거듭 칭찬하면서, "참으로 옳다."고 했다.

일생 동안 1각(刻)도 쓸데없이 보낸 적이 없었고 한 마디도 쓸데없는 얘기를 한 적이 없었다. 아침이 되면 반드시 세수하고 두건과 관을 쓰고 사당에 배알하였으며, 손님을 접대하는 경우가 아니면 반드시 잠시 선비(先妣)의 거실로 가서 문안을 드린 뒤 곧바로 경서를 가르치거나 책을 보거나 글을 베끼는 일로 종일을 보냈다. 밤이면 눈을 감고 단정히 위좌(危坐)하였고 일이 없으면 촛불을 켜지 않았으며, 혹 촛불을 켜면 반드시 하는 일이 있었다.

평소에 피곤하면 혹 어깨를 꼿꼿이 세운 채 잠시 동안 단정히 위좌(危坐)하다가 다시 책을 보거나 일을 하였다. 몹시 피곤하면 잠시 눕거나 조용히 잘 때도 있지만 역시 오랜 시간은 아니었고, 집 뒤로 걸어가 나무와 바위 사이를 거닐며 시를 읊조리기도 하였다. 그리고 잠시 뒤에는 다시 하던 일을 하였다.

혹자가 "쓸데없고 잡된 생각들을 어떻게 몰아냅니까?" 하고 물으니, 부군이 "이미 쓸데없는 생각임을 알았으면 마땅히 생각해야 할 것을 생각하면 쓸데없는 생각이 자연 물러갈 것이다. 억지로 쓸데없는 생각을 없애려 하면 도리어 그러한 생각을 붙잡을 수 없어 더욱 마음이 어지러워질 것이다." 하였다.

부군은 일 없이 찾아오는 사람을 좋아하지 않았다. 그래서 아무리

친한 벗이라도 오래 머물러 있으면 반드시 무언가 일이건 공부건 하게 하였고 하는 바가 없으면 머물러 있지 못하게 하였다. 동네 친구가 찾아오면 인사를 나누고는 하는 바와 의논할 일을 묻고는 반드시 하던 것을 다시 하였으며, 얘기를 하면 잠시 대답할 뿐이었다. 혹 남들이 거만하다고 지목해도 아랑곳하지 않았다.

속된 세상사에 대한 생각은 한 번도 가슴 속에 둔 적이 없고 일을 만나면 평탄하게 응할 뿐이었다. 이 때문에 세상 사람들이 소루(疏漏)하고 오활(迂闊)하다고 지목하였다. 그러나 불초가 찬찬히 살펴보니, 소루하고 오활한 게 아니라 그러한 일에 억지로 마음을 쓰지 않을 뿐이었다. 그래서 세상의 이해에 골몰하는 사람의 관점에서 보면 소루하고 오활한 점이 있는 것으로 보일 뿐이었다.

교리(校理) 숙부가 일찍이 말씀하시기를 "형님은 일생 동안 남에게 돈을 빌려 달라 하신 적이 없었다. 일찍이 동당시(東堂試)에 장원하여 대과(大科)를 보러 가실 때 나에게 20민전(緡錢)을 빌려 가신 적이 있는데 즉시 땅을 팔아서 갚으셨다. 나와는 이 한 가지 일 뿐이나 나머지는 미루어 알 수 있다." 하였다.

자신에게 닥치는 공구(恐懼)와 우환(憂患)을 만나면 그 일에서 그치고 나머지는 방임해 버렸다. 그리고 사생과 화복에 이르러서는 마치 산악과 같이 늠름하여 터럭만큼도 동요하지 않았다.

평소에 비록 원하시는 것이 있어도 마음을 써서 이루지는 않았고 싫어하시는 것이 있어도 마음을 써서 없애지는 않았다. 희노(喜怒)는 크게 드러낸 적이 없었으며, 또한 가슴에 오래 남겨 둔 적도 없었다. 의리(義理)를 논변할 경우에는, 의견이 합치하면 마음을 열고 기뻐하셨고 의견이 어긋나면 혹 준엄한 말로 반박하기도 하였으나 그 때문에 의도적으로 상대방을 나쁘게 또는 좋게 대하지는 않았다.

평소에는 엄연(儼然)하여 절로 사람을 두려워 복종하게 만들지만 가까이 다가가 얘기해 보면 도리어 온화하여 친근감이 들었다. 평상시에 마음을 내어 용모를 꾸민 적이 없었으며 또한 방종하고 해이할 때가 없었다. 손님을 만나면 반드시 용모를 가다듬고 상대하다가 시간이 오래 흐르면 다시 온화하게 안색을 낮추었으며, 존장(尊丈)을 만나면 반드시 용모를 움츠렸고 감히 방자한 모습을 보이지 않았다. 예사(禮事)가 있으면 시종 한결같이 공경스러웠고 그러한 모습을 바꾼 적이 없었으며, 상사(喪事)를 만나면 비록 친하지 않은 사람의 일일지라도 반드시 슬퍼하는 빛을 띠셨다. 제사에는 숨을 죽이고 기운을 조심하여 마치 마음이 향하는 바가 있는 듯했고, 친족이나 친구와 함께 있을 때는 편안한 모습을 보였다.

부군은 예사(禮事)를 만나 빈좌(賓座)에 앉으시면 반드시 단정히 위좌(危坐)하여 어깨와 등이 꼿꼿하였으며, 평상시 거처할 때는 혹 책상다리를 하고 앉았다가 피곤하면 조금 기대어 줄곧 위좌하지는 않았다. 그리고 고요한 곳을 만나면 다시 빈객을 만날 때처럼 위좌하였다. 누울 때는 침의(寢衣)를 단단히 여미고 신체를 방만하게 두지 않았으며, 깊이 잠들었어도 조금만 기척을 내면 반드시 깼고 정해진 시간에 일어나야 할 일이 있으면 반드시 그 시간에 이르면 절로 깼다. 설 때는 반드시 반듯하게 서고 기울어진 자세를 보이지 않았다. 다닐 때는 곧은 자세로 시선은 앞을 향한 채 천천히 걸었는데 허리와 어깨가 꼿꼿하였으며 주위를 돌아보지 않고 애써 모습을 꾸미지도 않았다.

배읍(拜揖)할 때는 반드시 공경을 다하였으며, 제사에서 절하실 때는 반드시 손을 모아 절하고 이마를 조아렸다.

스스로 "말이 어눌하여 생각을 형용하지 못한다." 하였지만 문사(文辭)에 이르러서는 도리어 자유자재로 뜻을 곡진히 표현하였다. 일찍이 말씀하기를 "내 혀가 붓의 혀만 못하다." 하였다. 그러나 불초가 매양 자세히 살펴보면, 부군은 대수롭지 않은 일에는 그다지 생각하시지 않기 때문에 말이 생삽(生澁)한 경우가 많지만 의리를 논변하고 경전의 뜻을 해석할 때에는 마치 구슬을 꿴 듯이 조리가 있고 대나무를 쪼개듯이 분명하여 막히거나 부족한 곳이 없었다.

언어는 꾸며서 한 적이 없고 곧바로 나오는 대로 할 뿐이었다. 일생 동안 몰래 의논하거나 대화하신 적이 없었으며, 또한 남의 낯을 보아 말을 바꾼 적이 없었다. 그러나 남의 은밀한 일이나 부녀자의 과실 같은 것은 입에 올린 적이 없었다.

부군은 음성이 크게 울리고 말의 끝은 반드시 높았다. 매양 불초에게 말씀하기를 "말 꼬리가 낮은 것은 어른의 곁에서 하는 말로 마땅하지 않고, 또한 이를 통해 심기(心氣)가 확고하지 못하다는 것을 볼 수 있다.” 하였다.

매양 맑은 가을에 달빛이 밝을 때나 여름 저녁에 서늘한 바람이 불어올 때면 예전에 읽으신 글을 한가히 외었는데 그 소리가 맑고 높아 마치 허공에서 학이 우는 것처럼 음향이 멀리 울려 퍼졌다.

희노(喜怒)가 모두 가슴 속에서 바로 나와 안팎이 없었으며, 진심을 그대로 드러내고 터럭만큼도 거짓으로 꾸민 적이 없었다.

일생 동안 침을 뱉지 않았다. 불초가 그 까닭을 여쭈어 보니 말씀하기를 “소싯적에 가래가 많기에 뱉지 않고 참았더니, 지금은 침을 뱉지 않게 되었다.” 하였다.

부군은 음식에 있어서는 반드시 잘 익힌 것과 푹 익힌 것을 먹고 조금이라도 덜 익은 것은 먹지 않았으며, 색깔과 맛이 조금이라도 이상하면 먹지 않았다. 굳이 맛이 좋은 것을 찾지 않았고 특별히 좋아하는 것도 적었다. 평소에 떡국[餠湯]과 가는 국수[細麵]를 좋아하였으나 역시 많이 들지는 않았다.

성품이 술을 좋아하였으나 일생 동안 파는 술을 사서 마시지는 않았으며, 집에서 담근 술이라도 반드시 절제해 마셨다. 혹 약간 취하면 음성이 더욱 낭랑하였다.

집에서 기르는 소, 염소, 개, 돼지는 먹지 않았다. 혹 집에서 기른 닭을 잡아 드릴 경우에는 그 닭이 죽을 때의 소리를 들었으면 먹지 않았다. 소는 비록 다른 집에서 기른 것일지라도 그 죽을 때의 소리를 들었으면 먹지 않았다.

의복은 사치하고 화려한 것을 입지 않았다. 일찍이 유정재(柳定齋)를 배알하셨는데 정재가 사람들에게 말씀하기를 "이경(貳卿)의 조카가 속옷을 명주로 해 입지 않다니, 가상하다." 하였다. 만년에는 창의(氅衣)를 입었는데 역시 무명으로 된 것이고 명주로 된 것이 아니었다. 다만 옷이 완전하고 깨끗하면 그만이었으며, 낡고 때가 묻으면 바꾸었다.

> * 유정재(柳定齋) : 퇴계학파(退溪學派)를 대표하는 학자였던 유치명(柳致明 1777~1861)
> 의 호가 정재(定齋)이고 자는 성백(誠伯)이다.
> * 이경(貳卿) : 옛날 중국에서 상서(尙書)를 경(卿)이라 불렀기 때문에 그 부관(副官)
> 인 시랑(侍郎)을 이경이라 불렀다. 조선에서는 참판(參判)에 해당한다.

부군은 개연(慨然)히 옛날 삼대(三代)의 의관을 상상했다. 그래서 만년에는 여러 전적들에서 채집하고 참고하여 치관(緇冠)과 심의(深衣)를 만들어 평상복으로 삼았는데 치관은 무(武)*를 이어서 달고 또 양쪽 가는 막아서 머리에 쓰기 편하게 하였다. 심의(深衣)는 『가례(家禮)』에 따라 액봉(腋縫)을 꿰맴으로써 고경(古經, 예기(禮記)를 가리킴)에 준거(準據)하고 신체에 알맞게 하였다. 그리하여 평상시에는 엄연(儼然)한 모습이 마치 삼대(三代)의 인물을 보는 듯하였다. 이윽고 또 『예기(禮記)』의 심의(深衣)·옥조(玉藻) 등 편의 내용을 모아서 그에 따라 온 몸을 감싸서 아래로 내려오고 따로 아랫도리[裳]가 없는 옷, 즉 심의를 복원하였다. 이는 한당(漢唐) 이래 복원하지 못했던 심의를 다시 만든 것이었으나 부군은 자신이 감히 마음대로 판단할 수 없다고 하여 자신은 감히 옷을 지어 입지는 않았다.

다만 불초에게 심의를 입혀서 순후한 고대의 물색(物色)을 드러나게 했
을 뿐이었다.

　* 무(武) : 관에 늘어뜨린 끈

　부군은 세상 사람들이 입는 도포(道袍)와 대소 창의(氅衣)는 법도에 맞
는 옷이 아니라 여겨 평소에 좋아하지 않았으나 당시 사람들이 입는
것이었기 때문에 입으셨다. 두루마기는 비록 옛날의 갖옷[裘]을 본떠서
만든 것이지만 호복(胡服)과 비슷하기 때문에 입지 않았다. 배자(背子)는
혹 착용하였으나 그 근본이 좋지 못한 것이기 때문에 좋아하지 않았다.
양포사(洋布紗)와 금단(錦緞) 같은 것은 입지 않았다.

　사미헌(四未軒) 장선생(張先生)*이 처음 작위(爵位)를 받을 때 부군께 무슨
옷을 입어야 할지를 물으셨다. 그리하여 평상복으로는 심의(深衣)를 입
고 외출할 때는 시속(時俗)을 따라 탕건(宕巾)을 쓰고 창의(氅衣)를 입기로
두 분이 결정하셨다. 부군이 제명(除命)을 받으셨을 때도 그와 같이 하셨
고, 평소 탕건 위에 현관(玄冠)을 쓰셨다. 어떤 사람이 세상 사람들이 착
용하는 갓의 갈고리 끈[銀鉤纓]을 드리니, 부군은 "국제(國制)에 제한이 있
으니, 감히 착용할 수 없다." 하셨다.

　* 사미헌(四未軒) 장선생(張先生) : 한주의 벗인 장복추(張福樞)의 호가 사미헌이다.

　갑신년에 조정이 의제(衣制)를 바꾸니, 부군은 평상시에는 치관(緇冠)을
쓰고 심의를 입었으나 이 차림으로는 절대로 밖에 문 밖에 나가지 않
았고 조정의 금령이 조금 느슨해지니 그제야 외출하였다.

부군은 의복에 있어 겨울에는 따스하고 몸에 맞는 것을 좋아하고 겹으로 많이 입는 것을 좋아하지 않았다. 여름에는 날씨가 더워도 홑옷을 입지 않았다. 관대(冠帶)는 단단히 여몄으나 그렇다고 하여 지나치게 단정하게 꾸며 모양을 내지는 않았다. 병이 들어도 관을 쓰지 않고는 문 밖을 나가지 않았다. 병이 위중하실 때 입은 말을 할 수 없는데도 문 밖을 나갈 때는 반드시 한 손으로 관을 잡고 한 손으로는 옷을 잡으셨으니, 떨어뜨리거나 흘러내려 신체를 드러낼까 염려해서였다.

부군은 평소 집안에서 거처하시는 곳이 일정하여 잠깐 사이도 바꾸지 않았으며, 혹 바꾸면 잠자리가 불편하였다. 배에 냉증(冷症)이 있어 따스한 방이 아니면 견디지 못했으나 병풍이나 휘장을 치거나 요를 두껍게 깔지는 않았다.

부군은 자리 근처에 화려한 물건을 두지 않았고 단지 예전부터 있어 온 간지(簡紙), 궤(几), 연실(硯室), 요강뿐이었다. 필묵(筆墨)은 편리하고 좋은 것만 가려 쓰지 않았고 다 닳고 몽당붓이 되어야 버렸다. 오래된 벼루가 있었는데 너무 닳아서 홈이 깊이 패어 쓸 수가 없었고 연적은 주둥이가 부서져 보기에 좋지 않았다. 그러나 부군은 늘 이 물건들을 아끼시며 "구물(舊物)이다." 하였으며, 아이들이 혹 가지고 가 버리면 반드시 놀라 찾고야 말았다.

부군이 남쪽으로 가서 인가에 들어가게 되었는데 양왜(洋倭)의 물건인 잡화(雜花)를 그린 그릇으로 술을 드리니 사양하고 마시지 않았다. 그래서 처음에는 그 사람이 술을 마시고 싶은 마음이 없는 줄 알았다가 한

참이 지나 자세히 살펴보니 그릇 때문임을 알고 그릇을 바꾸어 술을 올리니 비로소 술을 들었다.

부군은 견여(肩輿)를 타기를 좋아하지 않아 만년에 혈기가 쇠해서도 말을 탔으며 시종하는 하인을 두 명 이상 데리고 다니지 않았다. 그래서 불초가 매양 간(諫)하였으나 부군은 허락하지 않았다. 말을 탈 때는 반드시 반듯이 앉아서 고삐를 잡고 주위를 돌아보지 않았다.

부군은 남의 집에 오래 머물지 않았고 자매나 딸의 집일지라도 까닭 없이 오래 묵지 않았다. 주인이 성심으로 만류해도 좀처럼 듣지 않았고 절친한 사이가 아니면 그 집에 들어가지 않았다. 남의 마을에 들어갈 때는 반드시 먼저 인사를 두루 갖춘 뒤에야 머물렀고 매우 가까운 친척이 아니면 그 집의 안주인을 만나려 하지 않았다. 집에 돌아오시면 아무리 피곤해도 반드시 곧바로 가묘(家廟)에 배알하였다.

부군은 책에 있어서는 한 번 읽으면 곧 대의를 다 알았으며, 중요하고 알기 어려운 곳에 이르러서는 반드시 손가락으로 위 아래로 몇 번 그어 보고 반드시 꼭 맞는 뜻을 알고야 말았다. 끝내 미심쩍은 곳이 있으면 손 가는대로 차록(箚錄)하여 후일에 고찰해 보았고 한 구절도 무시하고 지나치지 않았다. 그러나 안력이 너무도 빨라 남들은 글의 반도 읽지 못했는데 부군은 이미 다 읽었다.

부군이 말씀하기를 "나는 일생 동안 사서(四書)를 읽어도 부족한 바가 있고 육경(六經)의 경우는 이미 대략 보았다. 그러나 『주역(周易)』에 있어

서는 만년의 정력을 모두 여기에 쏟았다. 제가(諸家)의 설들은 단지 참고
했을 뿐이니, 송유(宋儒)의 설이라도 성인의 경전의 주각(註脚)일 뿐이며
그 후세의 설들은 주각의 주각일 뿐이다." 하였다.

부군은 잡서(雜書)를 보기를 좋아하지 않았다. 그러나 잡서도 만나면
한 번 훑어보아 대의(大意)를 파악하지 않은 적은 없었다. 패관(稗官)의 자
질구레한 글들은 두 번 읽지 않았다. 누가 불가(佛家)의 이서(異書)를 한
번 보라고 권하자 부군은 "나는 이세 늙었다." 하였다. 부군은 만년에
도 작은 글자를 틀림없이 잘 보았다. 도사형(都事兄)이 늘 안력이 줄지
않은 것을 축하하면 부군은 "어제 보던 것을 오늘 어찌 보지 못하겠는
가. 조금 지나면 그렇지 못할 듯하다." 하였다.

부군은 저술할 때 반드시 먼저 구상하여 큰 줄기와 주의(主意)를 세운
뒤 곧바로 써내려가 뜻을 다 서술한 다음에야 그만두었고 억지로 마음
을 써서 글을 재단(裁斷)하지 않았다. 의리(義理)에 관한 글의 경우에는 곧
바로 자연스럽게 나와 가는 곳마다 오묘하게 뜻을 전달하였으니, 마치
천생의 화목(花木)은 절로 가감하고 변개할 수 없는 것과 같았다.

부군은 서(序)·기(記)·발(跋) 등의 글에도 그다지 장단과 기결(起結)을
염두에 두고 짓지 않았으나 반드시 글에 기복(起伏)과 변환이 있어 의론
을 시원스레 펼쳤으며 게다가 적절한 비유를 사용하여 의태(意態)를 극
진히 드러내었다. 그래서 혹자가 책문가(策文家)의 구기(口氣)가 있다고 헐
뜯으면 부군은 사양하지 않으시며 말씀하기를 "예전에 익힌 기량이 혹
그대로 있는가보다." 하였다. 서소(書疏)나 저술과 같은 글은 담담히 뜻

을 전달할 뿐이었다. 그래서 문장가는 혹 주소가(註疏家)의 기미가 있다
고 흠잡으면 부군은 역시 "나는 주소(註疏)를 많이 보았으니, 당연이 그
러한 물이 들었을 것이다." 하셨다.

　부군은 저술이 매우 많으나 일일이 손수 베껴 쓰고 자제들을 시켜
대신 베껴 쓰게 하지 않으며 말씀하기를 "글이란 볼수록 고칠 곳이 나
오니, 손수 베껴 쓰지 않으면 불편하다." 하셨다.

　남의 시문(詩文)에 응수할 경우에는 그 자리에서 지어 보내고 시일을
뒤로 미루지 않았다. 친구나 족척(族戚)에 대한 만사(輓詞)와 같이 응당 지
어야 할 글은 부음을 들으면 즉시 지었다.

　부군은 시에 있어서는 성률(聲律)에 크게 구애되지 않았으나 대상을
묘사하고 심회를 표현하는 것이 웅건하고 호방하였다. 만년에 한거(閑居)
하면서 지은 잡영(雜詠) 및 여행하며 읊은 시들은 곧바로 천기(天機)를 드
러내어 절로 곡조에 맞았다. 방산(舫山) 허공(許公)이 부군의 채미정(采薇亭)
시를 읽어 보시고 "천고에 이러한 작품은 없다." 하셨다. 그리고 만사
(輓詞)로 지은 작품들은 더욱 핍진(逼眞)하여 여느 시인들이 미칠 바가 아
니었다.

　　＊방산(舫山) 허공(許公) : 한주의 사돈이며 성재(性齋) 허전(許傳)의 퇴계학맥을 이은
　　　학자인 허훈(許薰 1836~1907)의 호가 방산이다.

　부군은 글씨를 쓸 때 별로 유의하지 않았으나 다 쓰고 나면 절로 필
치가 힘차고 곧았다. 작은 글씨일수록 더욱 정밀하고 주경(遒勁)하였다.
이공(李公) 재교(在嶠)가 일찍이 말하기를 "부군의 글씨는 글자마다 모두
심획(心劃)에서 나왔으니, 후세에 반드시 보배로 삼는 이가 있을 것이

다.” 하였다.

부군은 글씨를 쓸 때 운필(運筆)이 나는 듯하였다. 혹자가 “어떻게 이
토록 신속한가?” 하고 물으니, 부군은 “기량이 익숙한 것일 뿐이다.”
하였다. 늘 종일토록 글을 쓰기에 문인(門人)들이 많이들 간(諫)하여 “모
년(暮年)의 정력을 아끼셔야 합니다.” 하면 부군은 “나는 하는 일 없는
것이 도리어 정력을 해친다. 이것은 익숙한 기량이라 힘든 줄 모른다.”
하였다.

부군은 지구(知舊)에게 보내는 서찰이나 화답하는 시는 반드시 미리
베껴 써 두었다가 인편이 있으면 곧바로 부쳤고 일각도 지체하지 않
았다.

부군은 깊이 사색할 곳이 있으면 몇 식경 동안 소상(塑像)처럼 단정히
앉아 있었으며, 밤에는 정좌(靜坐)하여 마치 숨을 쉬지 않는 듯 고요하였
다. 혹 자리에 누워서도 잠들지 않고 사색하다가 한참 뒤에 다시 옷을
입고 일어나 앉았으며 때로 기침 소리가 들렸다. 때로는 새벽에 일찍
일어나 이불을 몸에 두른 채 고요히 앉아 창문이 밝지 않았는데 두 눈
동자가 새벽별처럼 형형하였다. 일찍이 말씀하기를 “나는 평생에 사색
을 많이 하였으니, 심기(心氣)를 해친 듯하다. 그러나 의리에 의심스러운
곳이 있으면 그대로 둘 수가 없었다.” 하였다.

부군은 천하 사물의 이치를 미루어 궁구(窮究)하되 반드시 그 대원(大
原)이 되는 곳을 찾아서 아래로 분석해 내려왔으므로 모든 이치가 저절

로 풀렸다. 게다가 공부에 지성스러운 자세가 젊을 때부터 노년에 이르기까지 한결같았기 때문에 학문에 깊이 젖어들어 모든 이치에 두루 통달하였다. 예컨대 이(理)·기(氣)의 분합(分合)과 천(天)·인(人)의 교제와 같은 이치에 환히 관통하여 오묘하고 무궁한 경지에 깊이 들어갔으니, 그 경지는 사람들이 형용할 수 없을 정도였다.

부군은 사람들과 세상사의 옳고 그름을 가릴 때에는 혹 누차 생각하고 좀처럼 쉽게 단정하지 않았으며, 혹 상대방의 말이 옳으면 흔쾌히 자신의 주장을 버리고 남의 견해를 따랐다. 경서(經書)나 사서(史書) 중의 작은 뜻, 긴요치 않은 부분들에 있어서도 마찬가지였다. 큰 의리(義理)를 논할 때에는 애초에 깊이 생각하지 않는 듯 보이지만 곧바로 이치를 분석하는 것이 마치 예리한 칼로 물건을 베는 듯하였고, 다시 논할 때는 첫머리부터 미루어 설명하는 것이 마치 강하(江河)가 흘러내리는 듯하였다. 남이 혹 꽉 막힌 소견을 고집하면 그럴수록 부군의 주장이 더욱 확고하여 **만 마리의 소***가 당겨도 되돌릴 수 없었다. 끝내 의견이 서로 합치하지 않으면 혹 준절(峻截)한 말로 상대방을 꺾어 은연중 **백세불혹**(百世不惑)*의 뜻이 있으셨다. 그러나 상대방의 말에 근리(近理)한 곳이 있는 듯하면 반드시 한참 생각해 보고 천천히 문답하여 상대방이 할 말을 다하게 한 뒤에 다시 논변하셨다.

* 만 마리의 소 : 두보(杜甫)의 고백행(古柏行)에 "큰 집이 무너지려면 들보가 필요한 법, 산처럼 무거워 만 마리 소가 고개 돌리누나.[大廈如傾要梁棟 萬牛回首丘山重]" 라 하였다.

* 백세불혹(百世不惑) : 자신의 견해를 확고하게 믿는 것으로, 『중용(中庸)』 29장에 "백세를 지나 성인을 기다려도 의혹이 없다.[百世以俟聖人而不惑]" 하였다.

세상 사람들이 혹 부군에 대해 '견해를 주장하는 것이 너무 강하다'고들 하기에 불초가 조용히 말씀드리기를 "사람들의 말이 혹 틀리는 곳이 있더라도 조금 관대한 포용력을 보이시길 바랍니다." 하니, 부군이 "나는 일생에 태양증(太陽症)이 있어 이러한 병통이 있다. 그러나 안으로는 그렇지 않다고 여기면서 겉으로는 모호한 태도를 취하여 스스로 겸손한 듯 처신하는 것을 병통으로 여긴다." 하였다.

부군은 선(善)을 좋아하고 악(惡)을 싫어하는 마음이 천성에서 우러나와 좋아할 만한 일을 보면 결연히 하고 미워할 만한 일을 보면 결연히 버렸다. 작은 글이나 행실에는 그다지 마음을 쓰지 않았으나 법도에 맞지 않은 적이 없었으며, 큰 의리(義理)에 이르러서는 확고하여 조금도 뜻을 옮길 수 없었다. 예(禮)에 있어서는, 이치에 가까운 곳이면 비록 큰 것이라도 시속(時俗)을 따랐고 이치에 어긋나는 것이면 비록 작은 것이라도 반드시 고쳤다. 다만 세상 사람을 놀라게 하는 특이한 행동을 함으로써 자신을 높이지는 않았다.

부군은 악(惡)을 두둔하는 사람을 매우 좋아하지 않았으나 때로는 잘못을 너그러이 보아 넘기는 경우도 있었다. 부군이 젊을 때 인해(人海) 중에서 도둑이 몰래 부군이 차고 계신 안경을 훔치다가 부군이 알아차리고 돌아보자 도둑이 안경을 버리고 달아났다. 마침 예전에 패도(佩刀)를 잃은 적이 있는 사람이 그 자리에 있어 보고 뒤쫓아 가서 도둑을 잡아서 힐문하였다. 도둑이 당황하여 어쩔 줄 모르며 스스로 해명하지 못하고 있는데 부군이 돌아보며 그 도둑에게 말씀하기를 "어찌 이토록 장난이 심하시오?" 하니, 그 사람이 마침내 도둑을 놓아주었다.

또 젊을 때 달밤에 후원을 돌아보는데 어떤 사람이 배나무 위에 올라가 배를 따고 있다가 부군이 오는 것을 보고 당황하여 다급한 나머지 뛰어내리려 하였다. 부군은 먼 곳으로 자리를 피하시고는 "천천히 내려오시오." 하시고 끝내 그 사람을 알지 못하는 것처럼 하였다. 이에 그 사람이 감격하고 부끄러워 스스로 사람들에게 그 사실을 말하였다.

부군은 구차한 일을 하지 않았고 굳이 고절(苦節)을 지키지 않았으며, 어느 한 쪽으로 치우쳐 얽매이지 않았고 고집하거나 기필(期必)하지 않았다.

부군은 향원(鄕愿)을 가장 미워하셨고, 지나치게 자신을 수식하여 남이 보는 외면적인 측면에 힘쓰는 것과 거짓으로 겸손한 척하여 명예를 얻는 것을 좋아하지 않았으며, 알지 못하면서 함부로 행동하는 자와 단점을 가려서 스스로 자신을 속이는 자를 싫어하였다.

> * 향원(鄕愿) : 향리에서 근후(謹厚)한 듯 보이면서 실은 세상에 영합하는 것일 뿐인 사람이다. 공자(孔子)가 "향원은 덕을 해치는 자이다.[鄕原德之賊也]" 하였다. 집주(集註)에서 원(原)은 원(愿)과 뜻이 같다고 보았다.

부군은 도를 보신 경지가 높았기 때문에 하나의 선(善)으로 명성을 이루려 하지 않았고, 이치를 분석하는 것이 날로 정밀하였기 때문에 덕(德)의 진전이 날로 새로웠다. 부군은 일찍이 말씀하기를 "나는 젊어서 성질이 거칠고 사나워 그 습기(習氣)를 억누를 수 없었는데 네 이자(二慈)의 내규(內規)* 덕분에 조금 변화시킬 수 있었으며, 젊어서 방일(放逸)하고 추솔(麤率)했던 것은 정헌공(定憲公)의 꾸짖음을 입어 조금 다스릴 수 있었다.” 하셨다.

> * 이자(二慈)의 내규(內規) : 이자는 두 모친이란 뜻이다. 한주의 첫 부인은 순천박씨
>   (順天朴氏)인데 자식이 없고 둘째 부인은 흥양이씨(興陽李氏)이다.

부군은 영매(英邁)하고 발월(發越)한 기상이 언어와 용모에 드러났다.
불초가 어릴 때 부군을 보면 안색은 많이 엄의(嚴毅)하고 언사는 많이
준정(峻整)하셨는데 만년에는 도리어 혼후(渾厚)하고 화이(和易)하며 언어가
더욱 침중해졌다.

곡은(谷隱) 장공(張公)이 찾아와서 부군을 보고는 말하기를 “젊을 때 공
을 보니 단지 준위(俊威)한 사람이었을 뿐이었는데 이별한 뒤 몇 해만에
안면에 덕기(德氣)가 충만하구려.” 하셨고, 예졸(藝拙) 강공(姜公) 내영(來永)
이 부군을 보고는 “소년 시절 장옥(場屋)에서 이미 공의 걸출한 모습을
보고 우리와 다른 사람이라는 것을 알았는데 지금에야 **경유의비**(經腴義
肥)*란 말이 참으로 사실임을 알았소.” 하셨다.

> * 경유의비(經腴義肥) : 경전을 읽고 의리를 깊이 체득하여 덕성(德性)으로 드러난
>   것이다.

부군은 어릴 때 파리하게 여위어 질병이 많다가 쉰 살 이후에 도리
어 병이 적어졌다. 만년에는 신색(神色)이 윤택하고 신체는 느긋하면서
편안하여 한 번 보면 앙수(盎粹)* 기상임을 알 수 있었다. 혹자가 묻기를
“노년에 와서 건강하신데 무슨 방법이 있습니까?” 하니 부군이 “조심
히 조섭한 덕분이다.” 하셨고, 또 “이천(伊川)의 과욕(寡欲)*의 효험이 아닌
지요?” 하니 부군은 “감히 그렇다고 할 수는 없고 다만 근년 들어서
사사로운 생각이 적어짐을 느낀다.” 하셨다.

* 앙수(盎粹) : 수면앙배(粹面盎背)의 준말이다. 맹자가 "군자의 본성은 인의예지가 마음에 뿌리를 내려 그 빛에 나타나는 것은 순수하게 얼굴에 드러나며 등에 가득하다.[君子所性 仁義禮智根於心. 其生色也 睟然見於面 盎於背]" 한 데서 온 말로 군자의 덕스러운 모습을 형용한 것이다.

* 이천(伊川)의 과욕(寡欲) : 정이천(程伊川)이 "앎을 기르는 것은 과욕 두 글자보다 나은 것이 없다.[養知莫過於寡欲二字]" 하였다. 『近思錄 4권』

부군은 만년에 좌우명으로 "경은 천 가지 사특함을 이기고 성은 만 가지 거짓을 없앤다.[敬敵千邪 誠消萬僞]"라 썼다.

부군은 일생 동안 당세에 나가 뜻을 펴려는 뜻을 지녔고 노년에 이르러서도 여전히 그러한 뜻을 지녔다. 27세에 남성(南省)에서 생원시(生員試)에 장원급제하여 명성이 일국에 떠들썩했으며 그 이후로도 생원시에 일곱 차례나 장원급제하였지만 끝내 대과(大科)에 급제하지 못하였으니, 운명이로다.

우상(右相) 김유연(金有淵)은 고(故) 상신(相臣) 재찬(載瓚)의 손자인데 부군을 크게 칭찬하며 유사(有司)에게 추천하였으며, 얼마 뒤에는 정헌공(定憲公)을 배알하고 부군과 친교를 맺게 해달라고 청하였다. 정헌공이 "우리 조카는 고집이 있으니, 아마도 억지로 강요하기는 어려울 듯하오." 하셨다. 그래도 더욱 힘써 청하니, 부군이 그 말을 듣고는 자리를 옮겨 피하였다.

판서(判書) 김학성(金學性)이 일찍이 정헌공이 머무시는 관사(館舍)로 가서 청하여 부군을 만나보고 우연히 **호락(湖洛)의 뜻***을 듣고는 매우 부군에

게 경도되었다. 그래서 그 이후로 영남의 선비들을 만나면 반드시 부
군의 안부를 물었다. 공이 무진년(戊辰年)에 종숙부(從叔父)를 통하여 그의
수연(晬宴)을 축하하는 시를 지어줄 것을 청하니, 부군은 "나는 포의(布衣)
일 뿐이니, 감히 재상을 위해 축하시를 지을 수 없다." 하였다. 후일에
조정의 의론이 김공(金公)을 재상으로 삼아야 한다고 하니, 공이 사람들
에게 말하기를 "내가 재상이 된다면 응당 먼저 이 진사장(李進士丈)을 등
용할 것을 연주(筵奏)*하리라." 하였는데 결국 재상이 되지 못하였다.

> * 호락(湖洛)의 뜻 : 기호학파(畿湖學派)의 학설이 우암(尤庵) 송시열(宋時烈) 이후로
>   호론(湖論)과 낙론(洛論)으로 나뉘어 인물성동이(人物性同異) 문제를 놓고 논쟁을
>   벌였다.
> * 연주(筵奏) : 임금의 면전에서 주청(奏請)하는 것이다.

기사년(己巳年)에 정헌공(定憲公)의 회방(回榜)*이 되어 관례에 따라 입시(入
侍)하게 하여 사패(賜牌)*하는 은전이 있었는데 자질(子姪) 중 배방(陪榜)*하
는 사람은 응당 임자은(任子恩)*을 받게 되었다. 이에 부군이 가야 한다는
것이 중론이었는데 부군은 "나는 질병이 있어 갈 수 없다." 하셨다.

> * 회방(回榜) : 과거에 급제한 지 60년이 되는 해를 가리킨다.
> * 사패(賜牌) : 임금이 공로가 있는 신하에게 노비나 토지 등을 하사하는 것이다.
> * 배방(陪榜) : 회방한 사람을 회방인(回榜人)이라 한다. 즉 회방인을 배종(陪從)하는
>   것이다.
> * 임자은(任子恩) : 배방인의 자질(子姪)에게 관직을 임명하는 것이다.

판서(判書) 민승호(閔升鎬)가 부군의 이름을 듣고 재상이 된 뒤 암행어사
박이도(朴履道)에게 명하여 부군의 경학(經學)을 상주(上奏)하게 하였다. 박
이도가 영남으로 내려가 사람들에게 부군의 이름을 물어보고는 탄식하
기를 "이러한 사람을 임하(林下)에게 백수(白首)로 늙게 한단 말인가." 하

고 장계(狀啓)를 올리려 하던 차에 그가 갑자기 죽었고 중간에 방해하는
사람이 있어 일이 이루어지지 못했다.

보국(輔國) 민태호(閔台鎬)가 부군의 이름을 듣고 매우 공경하였다. 그리
하여 명사(名士)들을 선발하여 관직을 제수할 때 맨 먼저 부군의 이름을
올리려고 생각했다. 그런데 한 영남 사람에게 부군을 물어보니 그 사
람이 우연히 "아무개는 덕망이 높고 게다가 문장에 뛰어납니다." 하였
다. 이에 민태호가 문인(文人)인가 보다 생각하여 결국 부군의 이름을 올
리지 않았다. 그래서 영남의 명망이 있는 이들은 모두 차례로 발탁되
었는데 부군은 유독 이 때문에 발탁되지 못하고 말았다. 그리고 오래
뒤에 공론에서 이 일을 더욱 안타까워하자 민태호가 비로소 잘못이었
음을 알았다. 그리하여 갑신년(甲申年) 가을에 민태호가 다시 재상이 되
자 맨 먼저 부군을 임금께 말하여 의금부도사(義禁府都事)에 제수하였다.

부군은 지론(持論)이 매우 공정하여 당의(黨議) 때문에 정견(正見)이 흔들
리지 않으셨다. 국인(國人)을 보면 선조(宣祖)·인조(仁祖) 이래로 붕당을 나
누어 서로 대립하였으니, 그 중 큰 것이 남인(南人)·북인(北人)·노론(老
論)·소론(少論)이다. 집안이 영남에 세거(世居)했고 게다가 학문적으로는
문목공(文穆公)*의 연원이며 게다가 돈재공(遯齋公)*이 사문(師門)의 정도를 지
켜 흔들리지 않았고 부군은 대대로 이어온 가학의 전통을 독실히 지키
셨다. 그러나 부군은 젊을 때부터 남인·북인·노론·소론, 사가(四家)
의 저술들을 통독하여 학설들을 폭넓게 보고 공정하게 취사(取捨)하셨다.
그래서 학설은 어느 것이 옳고 어느 것이 잘못이며, 학문은 어느 쪽이
바르고 어느 쪽이 그른지를 손바닥 안을 들여다보듯이 환히 아셨다.

그래서 저 쪽이라 하여 그르다 하지 않고 이 쪽이라 하여 옳다 하지 않으셨다.

영남의 **병호**(屛虎)*와 향리의 **청회**(晴檜)* 분쟁에 이르러서도 어느 한 쪽을 편들지 않으셨다. 그러나 마음은 거울처럼 환하여 모든 시비를 분명히 보셨으니, 눈금 없는 저울이 경중을 전혀 가늠하지 못하는 것과는 달랐다.

> * 문목공(文穆公) : 퇴계의 제자인 한강(寒岡) 정구(鄭逑 1543~1620)의 시호이다.
>
> * 돈재공(遯齋公) : 한주의 고조(高祖)인 돈재 이석문(李碩文)이다. 사도세자의 참변 당시에 낙향하였다. 수 차에 걸친 노론측의 회유가 있었으나 끝내 사도세자에 대한 절의를 지켜 벼슬에 나아가지 않아 이름이 우뚝하였다. 병조참판에 증직되었다.
>
> * 병호(屛虎) : 서애(西厓) 유성룡(柳成龍)을 모신 병산서원(屛山書院)과 학봉(鶴峯) 김성일(金誠一)을 모신 호계서원(虎溪書院)의 알력을 가리킨다.
>
> * 청회(晴檜) : 동강(東岡) 김우옹(金宇顒)을 모신 청천서원(晴川書院)과 한강(寒岡) 정구(鄭逑)를 모신 회연서원(檜淵書院)의 알력을 가리킨다.

부군은 전성(前聖)에 대해서는 맹자(孟子)를 말하기를 좋아하였고 송(宋)나라 현인에 대해서는 이천(伊川)을 말하기를 좋아하셨다. 이근수(李根洙)가 일찍이 시좌(侍坐)하고 있다가 이천의 미진(未盡)한 곳을 말하니, 부군은 놀라 두려워하는 모습으로 한참 만에 말씀하기를 "자네는 도리어 맹자를 알지 못하는구나." 하였다.

부군은 자나 깨나 주자(朱子)와 퇴계(退溪)를 존숭하였다. 그래서 편언척어(片言隻語)도 모두 주자와 퇴계의 저술에 근거하고 의방(依倣)하였다. 그리하여 거처하시는 서재에 조운헌도(祖雲憲陶)란 편액을 거셨다.

김공(金公) 형직(馨直)은 동강선생(東岡先生)의 주손(冑孫)이며 부군의 표종형(表從兄)인데 **옥사자**(玉獅子) **도서인**(圖書印)*을 부군께 주며 말씀하기를 "자네는 우리 선조의 외손이며 게다가 우리 선조를 높일 수 있는 사람이니, 이것을 주어 **사자 그림***에 비긴다." 하니, 부군은 그것을 공경히 받아 조운헌도(祖雲憲陶) 넉 자를 전서(篆書)로 새긴 다음 그 사실을 서문으로 써서 갱장(羹墻)의 마음을 담았으며 일생 동안 이것을 공경히 간수하고 조금도 소홀히 다루지 않았다.

> * 옥사자(玉獅子) 도서인(圖書印) : 사자를 아로새긴 옥으로 동강(東岡) 김우옹(金宇顒)의 손자인 사월당(沙月堂) 김욱(金頊)이 기증받은 것으로 한주의 외가인 의성김씨(義城金氏) 종가에 100여 년 동안 전해오던 것이었다. 이것을 외손인 한주가 기증받아서 조운헌도(祖雲憲陶) 넉 자를 새겨 인장으로 사용했다.
>
> * 사자 그림 : 주자(朱子)의 사위는 황간(黃幹)이고 황간의 아들, 즉 주자의 외손은 로(輅)이다. 로가 주자의 집에 왔을 때 벽에 걸린 사자 그림을 좋아하였었다. 그래서 사자 그림을 황간에게 보내 주면서 외손인 로가 그림의 사자처럼 걸출한 인물이 되기를 기대하였다. 『朱子大全 續集 1권 答黃直卿』

계문(溪門)의 정맥(正脈)을 말씀할 때는 반드시 **정선생**(鄭先生)*을 말하였다.

> * 정선생(鄭先生) : 한강(寒岡) 정구(鄭逑)를 가리킨다.

후생(後生)과 이학(理學)을 말할 때에는 **대산**(大山) **이선생**(李先生)*의 설을 많이 인용하였다.

> * 대산(大山) 이선생(李先生) : 퇴계 학통을 계승한 이상정(李象靖 1710~1781)을 가리킨다.

후생들이 혹 **양**(兩) **문충공**(文忠公)*의 고하(高下)를 말하니, 부군이 언성을 높여 "너희들이 어찌 감히 선배의 장단(長短)을 말하는가." 하였다.

> * 양(兩) 문충공(文忠公) : 학봉(鶴峯) 김성일(金誠一)과 서애(西厓) 유성룡(柳成龍)의 시호가 모두 문충(文忠)이다.

신미년(辛未年)에 **복설사원소**(復設祠院疏)*를 올리는 일행으로 한양에 가서 경저(京邸)에 머무는데 대원군이 군병을 시켜 관사(管事)를 포위하고 사람들을 강제로 끌어내게 하였다. 정탐한 자가 보고 부군이 그 중에서도 뜻이 더욱 확고한 사람이라 여겨 맨 먼저 부군을 붙잡고 끌어내었다. 그러나 부군의 안색이 시종 동요하지 않는 것을 보고 말하기를 "우리들이 이제야 비로소 참된 선비를 보았으니, 삼가 잘 모셔라." 하고 한강 가에 이르러 부군을 보낼 때에는 나열하여 절하였다.

> * 복설사원소(復設祠院疏) : 서원을 복구하여 다시 설치할 것을 주청하는 소장(疏章)이다.

영남 사람들은 회의하여 대궐에 상소하는 것을 상사(常事)로 삼았다. 그러나 부군은 그 논의에 참여하신 것이 단지 세 차례 뿐이었으니, 한 번은 정문목공(鄭文穆公)을 문묘(文廟)에 배향할 것을 청할 때이고 한 번은 서원을 훼철(毀撤)하는 것을 반대할 때이고 한 번은 양이(洋夷)를 배척할 것을 청할 때이다. 일찍이 말씀하기를 "사도(師道)를 높이고 이단(異端)을 물리치는 일이 아니면 포의(布衣)의 선비가 말해서는 안 된다." 하였다.

부군은 불가(佛家)에 대한 글을 짓지 않았다. **선석사**(禪石寺)*의 중이 왕세자를 위해 축원당(祝願堂)을 짓는다고 하면서 찾아와 그 기문(記文)을 지어줄 것을 청하니, 부군은 거절하였다. 이에 중들이 유언비어를 퍼뜨려 위협하였으나 부군은 동요하지 않았다.

> * 선석사(禪石寺) : 경상북도 성주군(星州郡) 월항면(月恒面) 인촌동(仁村洞) 서진산(棲鎭山)에 있는 고찰로 본래의 이름은 신광사(神光寺)였다.

정헌공이 시호를 받아 잔치를 벌이게 되었을 때 고을의 관기(官妓)가

원님의 뜻을 받들고 와서 홍을 도우려 하였다. 사람들은 모두 그렇게 하자고 하였으나 부군은 "우리 집안의 법도가 아니다." 하여 마침내 거절하였다.

조(趙) 아무개가 사술(邪術)을 가지고 사류(士類)를 속이고 유혹했다. 그가 부군을 만나서는 자신은 유술(儒術)을 공부한다고 하면서 친교를 맺자고 하였으나 부군은 예우하지 않았다. 그 뒤에 그가 정헌공의 정자 근처에 와서 우거(寓居)하자 부군이 정헌공께 말씀드려 그를 타일러 돌려보내게 하였다. 조 아무개가 크게 유감을 품었으나 부군은 끝내 아랑곳하지 않았다.

조정이 천주당(天主堂)을 설치하여 사류(士類)를 해치려 하였으며 또 머리털을 깎고 오랑캐 옷을 입게 하려 했다. 부군이 말씀하기를 "어찌 이럴 리가 있으리요." 하고, 이어 불초에게 "과연 사실이라면 **수옥절영**(樹屋絶影)*할 것이다." 하셨다.

> * 수옥절영(樹屋絶影) : 살아 있는 나무를 이용해 집을 짓고서 종적을 끊고 사는 것으로 깊은 산 속에 은거함을 뜻한다. 후한(後漢) 때 사람 신도반(申屠蟠)은 자는 자룡(子龍)이다. 그는 은거하면서 학문에 열중하여 오경(五經)에 박통하고 참위설(讖緯說)에 밝았으며, 당고(黨錮)가 일어나자 산 속으로 들어가 살아 있는 뽕나무를 마룻대로 삼아 집을 짓고 살면서 하진(何進), 동탁(董卓) 등이 불러도 끝내 벼슬에 나아가지 않았다. 『後漢書 五十三卷』

부군은 늘 산수 좋은 곳에 집 한 칸을 두고 싶어 하였다. 그래서 가야산(伽倻山)이나 지리산 쌍계(雙溪) 등지에 들어가면 반드시 소요하며 유람하다 돌아오곤 하였다.

무우동(無憂洞)은 황항산(黃項山) 꼭대기에 있는데 일찍이 구역을 정해 두어 장차 이 곳에 집을 짓고 은거하려 하였다. 그리하여 그러한 뜻을 담아 시를 짓기도 하였다. 고반동(考槃洞), 고무동(錮錏洞), 노산(露山), 사치동(舍致洞) 등지에도 모두 두루 다니시고 누차 은거하고 싶어 하는 뜻을 나타내었다. 그러나 결국 재력(財力)이 부족해 뜻을 이루지 못하였다.

문인(門人) 이조현(李祚鉉)이 부군의 뜻을 알고 불초와 조금의 자금을 합쳤고 여러 해가 지나자 다소 이자가 붙었다. 족인(族人)의 정자가 현(峴) 서쪽 명산동(鳴山洞) 뒤에 있는데 퍽 경치가 그윽하였다. 그래서 불초가 그 정자를 사고 싶어 하니, 부군이 "족숙(族叔)의 묘지가 그 곁에 있는데 그 집을 우리가 소유한들 마음에 편안하겠느냐?" 하였다. 불초가 "그 집 등을 보전하지 못해 족인의 힘을 빌려 보호하는 것이 타인의 손을 빌리는 편보다 낫습니다. 게다가 문서를 이미 교환했으니, 그만두기 어렵습니다." 하니, 부군은 마지못해 승낙하였다. 불초가 조용할 때 부군께 "그 산의 모양이 고전(古篆)의 심(心) 자와 같으며, 아버님의 주리(主理)의 학문이 우리 유가(儒家)의 심학(心學)의 근원을 밝혔으니, '심원(心源)'이라 이름하는 것이 좋을 듯합니다." 하니, 부군은 그저 웃기만 하고 말이 없었다. 그리고 오래지 않고 부군이 세상을 떠나셨으니, 하늘의 뜻인가! 어찌하리오.

부군은 심즉리(心卽理)를 논할 때에는 주자(朱子)의 "심(心)이란 천리(天理)가 사람에게 있는 전체이다."라는 설에 근거하였고, '지각(知覺) 역시 리(理)를 위주로 말한 것'임을 말할 때는 주자의 "지각(知覺)은 지(智)의 일이다."라는 설에 근거하였으며, '사단(四端)과 칠정(七情)이 모두 리발(理發)임'을 논할 때는 주자의 "악기(樂記)의 칠정(七情)*은 곧 리(理)가 발한 것이다."

라는 설 및 이자(李子)의 중도(中圖)*의 "본성이 발한 것이다."라는 설에 근거하였다. 달도(達道)가 리발(理發)임을 논할 때는 기고봉(奇高峯)의 "달도는 리(理)에서 발하는 것이니 기발(氣發)이라 할 수 없다."고 한 설이 이자(李子)께 인정을 받은 것에 근거하였고, 명덕(明德)은 리(理)만을 가리킨 것임을 논할 때는 주자의 "천리(天理)가 사람에게 있는 전체이다."라는 설에 근거하였으며, 태극(太極)의 동정(動靜)을 논할 때는 주자의 "태극이 스스로 동정하니, 기(氣)와 무슨 상관이 있겠는가."라는 설에 근거하였다. 『중용(中庸)』의 귀신(鬼神) 역시 실리(實理)를 가리킨 것임을 논할 때는 주자의 "리(理)의 실질"이라는 설에 근거하였고, 연어(鳶魚)*도 리발(理發)을 위주한 것임을 논할 때는 이자(李子)의 "기(氣) 중에 나아가 리(理)를 가리켜 낸 것이다."라는 설에 근거하였다.

부군의 일생에 걸친 주리(主理)의 뜻은 곳곳마다 환히 알아 모든 설에서 두뇌(頭腦)가 되는 곳을 쪼개어 분명히 밝히셨으며, 또한 한 마디도 주리(朱李, 주자와 퇴계)의 본지(本旨)에 근거하지 않은 것이 없었다.

　＊악기(樂記)의 칠정(七情) : 악기는 『예기(禮記)』의 편명이며, 칠정은 희노애락애오욕(喜怒哀樂愛惡欲)이다.

　＊이자(李子)의 중도(中圖) : 이자는 퇴계(退溪) 이황(李滉)을 높여서 부른 것이다. 중도(中圖)는 퇴계가 선조(宣祖)에게 올린 『성학십도(聖學十圖)』의 심통성정도(心統性情圖) 중 중도를 가리킨다.

　＊연어(鳶魚) : 『중용』에 "『시경』에서 '솔개는 하늘 높이 날고 물고기는 못에서 뛰논다.' 하였으니, 상하(上下)에 이치가 밝게 드러남을 말한 것이다.[詩云鳶飛戾天 魚躍于淵 言其上下察也]" 한 것을 가리킨다.

부군은 이미 사서(四書)・삼경(三經)・태극도(太極圖)・『통서(通書)』・『근사록(近思錄)』・『주자대전(朱子大全)』・『주자어류(朱子語類)』・『퇴계집(退溪集)』등의 의의(疑義)를 두루 차록(箚錄)하고 이것들을 모아서 『구지록(求志錄)』이라 이름하였다.

부군은 일찍이 말씀하기를 "나의 일생의 정력은 『어류(語類)』 책에 있다.*"
하였다. 이 책은 문인(門人)들이 때와 장소에 따라 기록한 것이며, 선생
의 진도(進道)와 입언(立言)은 초년·중년·만년의 차이가 있고 기록한 사
람도 정오(正誤)와 상략(詳略)의 차이가 있으므로 자체로 모순이 되는 것
이 많고 게다가 혹 정론(定論)은 적고 미정(未定)인 설이 많은 경우도 있
다. 부군은 이 책을 끝까지 통독하고 의심스러운 곳들을 차록(箚錄), 사
서집주(四書集註)와 『주자대전(朱子大全)』과 비교 검토하여 학설의 이동(異同)
의 귀결을 궁구하였다. 서로 어긋난 학설은 문인이 선생의 말씀을 들
은 세월의 선후로써 판단, 어느 학설은 따르고 어느 학설은 버리는 것
에 모두 분명한 근거가 있었다. 그리하여 무려 11년이 지나서야 저술
을 완성하였고 또 12년에 걸쳐 거듭 교감하였다. 그런 뒤에 주자의 깊
고 은미한 뜻이 환히 드러나 볼 수 있게 되었고, 부군의 평생의 이학(理
學) 또한 이 책을 따라서 이루어졌으니, 아아, 정밀하고 지극하도다!

> * 일생의······있다 : 주자(朱子)가 "온공(溫公) 사마광(司馬光)이 『통감(通鑑)』을 짓고
> 말하기를 '평생의 정력이 모두 이 책에 있다.' 했는데 내가 『대학(大學)』에 있어서
> 도 그러하다." 하였다. 『大學集註/讀大學法』

부군은 일찍이 여헌(旅軒) 장선생(張先生)*의 목사설(木柶說)에 따라 『주역(周
易)』 점을 쳤는데 맞지 않은 적이 없었다.

> * 여헌(旅軒) 장선생(張先生) : 영남의 거유(巨儒)인 장현광(張顯光 1544~1637)의 호가
> 여헌이다. 그는 특히 역학(易學)에 조예가 깊었다.

부군은 초년의 술작(述作)을 초록하여 입두록(入頭錄)이라 하고 이어 선

비들과 왕복한 서한(書翰)들을 만록(漫錄)이라 하고 타인들과 응수(應酬)한 글 및 여타의 원고들을 잡록(雜錄)이라 하고 산수(山水)를 기행하며 지은 시문(詩文)들은 따로 유록(遊錄)으로 모아두었는데, 이러한 원고들이 건연(巾衍)에 남아있다.

아아! 평생의 일언(一言)·일구(一句)가 모두 도리에 근본하고 실제 사무(事務)를 헤아린 것으로 지극한 이치가 깃들어 있지 않은 것이 없으니, 후세의 군자들이 보고 아는 이가 있을 것이다.

부군은 갑술년, 만귀정(晚歸亭) 산방에 거처하면서 간간이 시를 읊어 회포를 달랬다. 이에 진학(進學)·수업(修業)의 방도를 차례로 읊어 선(善)을 실천하고 악(惡)을 제거하는 것으로부터 이단(異端)을 물리치고 도(道)를 밝히는* 것에 이르기까지 학문의 본말이 모두 갖추었다. 그리고 또 어버이를 사모하고 아우를 그리워하고 아내를 생각하고 자식을 면려하고 벗을 생각하고 임금을 사랑하고 백성을 근심하는 뜻을 서술, 심회를 극진하게 형용하였으며*, 또 도(道)를 싣고 있는 성현의 경전(經傳)의 뜻을 서술, 『소학(小學)』·『대학(大學)』으로부터 독법(讀法)에 의거하여 범례를 만들어서 주자(朱子)와 이자(李子)의 저술에까지 미쳤다. 또 **효고시**(斅古詩)*를 지어 이윤(伊尹)·부열(傅說)로부터 악비(岳飛)·문천상(文天祥)에 이르기까지 고인(古人)의 행적을 서술하셨다. 아아! 여기서 부군의 일생의 대의(大意)를 볼 수 있으며, 그 학문의 정밀함과 윤강(倫綱)의 정대(正大)함, 도학(道學) 연원의 전수와 경륜(經綸) 충의(忠義)의 뜻을 절로 개괄해 볼 수 있을 것이다.

* 진학(進學)……밝히는 : 제목은 술학자경(述學自警)이며 26수의 절구로 이루어져 있다. 그 소제목(小題目)을 보면 선소필위(善小必爲)·악소필거(惡小必祛)로 시작하여 벽이단(闢異端)·명성도(明聖道)로 마친다. 『한주집(寒洲集)』 1권에 실려 있다.

* 그리워하고……형용하였으며 : 『한주집』 1권에 산재감흥(山齋感興) 19수로 실려 있다.
* 효고시(嘐古詩) : 『한주집』 1권에 효고이십이절(嘐古二十二絶)로 실려 있다.

정헌공은 자질(子姪)들을 좀처럼 칭찬하지 않는데 일찍이 말씀하기를 "우리 종족 5백년 만에 비로소 이 조카가 있다." 하였다.

유정재(柳定齋) 선생이 강우(江右)의 대유(大儒)를 꼽을 때는 반드시 이모(李某)라 하였다.

정헌(定軒) 이공(李公)이 역학(易學)을 논하며 말씀하기를 "나는 지금 세상에서 이모(李某) 한 사람을 보았을 뿐이다." 하였다.

정와(訂窩) 김공(金公)이 사람들에게 말씀하기를 "남쪽 지방에서 우뚝 일어나 사도(斯道)를 창도해 밝힐 이는 반드시 이 사람일 것이다." 하였다.

곡암(曲庵) 강공(姜公)이 부군과 사칠설(四七說)을 논하고는 말씀하기를 "명세(命世)의 재주이다." 하였다.

김판서(金判書) 학성(學性)이 부군을 논하기를 "기상이 영상(英爽)하고 학문이 연박(淵博)하니, 응당 남중(南中) 제일의 인물이라 하겠다." 하였다.

중암(重庵) 김공(金公)이 ~윤주하(尹胄夏)에게 보낸 편지에서~ "전현(前賢)

이 밝히지 못한 뜻을 밝혀 정주(程朱)의 뜻에 꼭 부합하니, 지금 하늘 아래에서 심(心)의 본체의 진면목이 이처럼 분명하게 환히 드러날 줄을 생각지도 못했다.” 하였다.

관악(觀岳) 송공(宋公)이 “지기(志氣)가 고원하고 범위가 홍대(弘大)하고 기상이 화수(和粹)하며, 언어와 용모는 **태산암암**(泰山巖巖)*의 높은 기상이 있다.” 하였다.

> * 태산암암(泰山巖巖) : 태산이 높고 높다는 말로 본래는 『시경(詩經)』 노송(魯頌) 비궁(閟宮)에 있는 구절인데 맹자(孟子)의 기상을 형용한 말로 쓰였다. 『近思錄 14권』

주공(朱公) 명협(命協)~북청(北靑) 사람이다.~이 부군의 <심즉리설(心卽理說)>을 보고 “2백년 이래 이러한 작품은 없었다.” 하였다.